IMPRESSIONS POÉTIQUES.

IMPRESSIONS

POÉTIQUES,

OU

RÈVERIES D'UN BOURBONNAIS.

Chacun aime à rêver : il n'est rien de plus doux ;
Une flatteuse erreur emporte alors nos ames !.....

(LAFONTAINE.)

PARIS,

CHAMEROT, LIBRAIRE, QUAI DES AUGUSTINS, 33.

MOULINS,

P.-A DESROSIERS, IMPRIMEUR-LIBRAIRE.

1843

AVANT-PROPOS.

ᴇs essais ou *rêveries* qu'on va lire, sont le fruit d'instants dérobés à des occupations beaucoup plus graves, et même, on l'avouera, plus utiles. En effet, dans ce siècle tout positif, la poésie est loin d'avoir, comme dans le siècle précédent, de nombreux admirateurs. Bien plus, elle est tombée dans un tel discrédit, que composer des vers, c'est passer, aux yeux des personnes même les plus indulgentes, pour perdre à peu près son temps.

En lisant cet opuscule, on reconnaîtra sans doute que les morceaux qu'il contient, ont été écrits à des époques différentes : ce qui fait qu'ils n'ont pas entre eux, peut-être, les *élégies* surtout, une liaison suffisante. L'auteur, à la vérité, ne les destinait point d'abord à l'impression. Ces pièces fugitives, nées de l'inspiration du moment, étaient une sorte d'exercice littéraire, un moyen d'écrire en prose avec plus de correction et de facilité. Et l'on comprendra sans peine à quel point la double difficulté de trouver la rime et d'enfermer une pensée dans un cadre déterminé et restreint, habitue l'esprit à la concision, le rend plus flexible, plus exigeant sur le choix des termes. Fît-on des vers plus médiocres encore que ceux que l'on va lire , on s'apercevra également combien le mot propre , après ce travail intellectuel accompli , se présente plus aisément sous la plume de l'écrivain en prose , et lui applanit les obstacles nombreux que fait naître , sous chacun de ses pas, une langue aussi rétive et aussi capricieuse que le Français.

L'auteur croit devoir, en même temps, appeler l'attention sur la dénomination attribuée à ce recueil , afin de prévenir tout mal-entendu. Le mot *poétique* qui accompagne le premier des deux titres de l'ouvrage , annonce , avec l'Académie , que ces *impressions* sont *particulières* à la poésie; qu'elles présentent une réunion de pensées, exprimées par un assemblage de mots d'une certaine mesure , et terminées par des rimes. C'est le *sermo pedestris* d'Horace. Il faut donc se garder de croire que l'épithète dont on vient de parler , désigne des *impressions animées du feu poétique*. Que si , après une explication aussi complète , le lecteur n'était pas convaincu , l'auteur n'aurait plus d'autre moyen d'y parvenir que de renvoyer cet incrédule à l'épitaphe de la fin.

On bornera là cet exposé, déjà trop long peut-être pour le lecteur.

PRÉFACE.

Lorsqu'un jeune (1) et timide auteur,
Génie inconnu du Parnasse,
S'en vient, dans une humble préface,
Demander grâce à son lecteur;
Chacun se dit : « Quelle manie !
« Sortir de son obscurité ?
« Une telle témérité
« Doit être incontinent punie ! »
Je sais qu'il faut, pour être heureux,
Soigneusement cacher sa vie,
Et surtout de la jalousie

(1) Cotte pièce est écrite depuis déjà long-temps.

Eviter les serpents hideux.
Mais le moyen qu'une ame tendre,
Qu'agite un zèle curieux,
De mouvements ambitieux
Se puisse, à point nommé, défendre !
Le moyen de fermer les yeux
Lorsqu'autour de nous tout s'agite;
Lorsque chacun se précipite
Vers la gloire d'un bond fougueux !
Ma Muse qui ne fut pas faite
Pour prendre vers les cieux son vol,
Préfère au chant du rossignol
Le cri léger de la fauvette;
Je crains un pénible labeur.
Des ouvrages de longue haleine
Je hais la fatigue et la gêne :
Un alexandrin me fait peur.
Pourtant, lorsqu'ainsi l'on confesse
Son impuissance avec candeur,
On n'entend point que sur l'auteur
Un regard de pitié s'abaisse;
Car si quelque jour le néant
Venait réclamer cet ouvrage,
Est-il lecteur si bienveillant
Qui pût le soustraire au naufrage?

ÉLÉGIES.

—

LIVRE PREMIER.

Il faut que le cœur seul parle dans l'Elégie.

. . . .

. . . .

Elle peint des amants la joïè et la tristesse ;
Flatte , menace , irrite , appaise une maîtresse.

BOILEAU (*Art poétique*).

ÉLÉGIES.

I.

LA RENCONTRE D'UN ANGE. (1)

Dans ce vaste univers où mon ame blessée
  Fut long-temps contrainte à souffrir,
J'errais, et déplorant ma jeunesse éclipsée,
  Je me résignais à mourir.

(1) Voir les notes à la fin du 1er livre des Élégies.

2

Un ange au doux regard, au cœur pur et candide,
  M'apparut, et m'offrant la main :
« Infortuné, veux-tu me prendre pour ton guide?
  « Je t'abrégerai le chemin. »

Je me laissai conduire au gré de son envie;
  Bientôt au port il arriva.
Et dès lors je jurai de consacrer ma vie
  A l'ange qui me la sauva.

II.

LA JEUNE INSENSIBLE.

  O toi de qui l'on craint la vue,
Car on ne peut te voir sans t'adorer,
  Troplong-temps mon ame éperdue
Chercha la tienne, et ne put l'attirer.
  En vain ta beauté tout efface,
De tes attraits si l'ensemble charmant
Vient aux tendres aveux du plus sincère amant
  Opposer un cœur tout de glace;

Ne jette à ses transports qu'un superbe dédain,
  Qu'une résistance obstinée.
La vie est sans l'amour une rose fanée,
Un printemps sans verdure, un jour sans lendemain.
Hâte-toi : le temps fuit, et Vénus te réclame :
  Cède au besoin de t'enflammer;
Car l'amour, jeune fille, est tout pour une femme,
Et c'est vivre à demi que vivre sans aimer.

III.

L'APPEL.

Lorsque vers toi mon cœur s'élance avec ivresse,
  D'où vient ce regard plein d'effroi?
D'où vient que ton front pur se couvre de tristesse?
  De l'amour craindrais-tu la loi?

Attends-tu, pour aimer, l'hiver et sa froidure?
  Faut-il que, d'un souffle outrageant .
L'aquilon ait changé l'or de ta chevelure
  En de tristes filets d'argent?

Cependant, on n'aborde aux rives de Cythère
    Que porté sur l'aile de Ris ;
La vieillesse toujours excita la colère
    De l'inexorable Cypris.

Sa vengeance est cruelle aux plus légers outrages.
    Souviens-toi que pour être heureux
Sur ce vaste univers, si fécond en orages,
    Il faut avoir pour soi les Dieux.

O toi que tant de grâce et de beauté décore,
    Toi qui sais ravir et charmer ;
Lorsque tout te sourit, lorsqu'il est temps encore,
    Jeune fille, hâte-toi d'aimer.

IV.

REQUÊTE D'AMOUR.

L'instant qui t'offrit à ma vue
Pour toujours engagea ma foi ;
Je sentis aussitôt vers toi
S'élancer mon ame éperdue.

Au char fragile du bonheur
Chacun avidement s'enchaîne;
Lorsqu'un doux penchant nous entraîne
Peut-on répondre de son cœur?
Pour peindre celle qu'il adore
L'amant est toujours arrêté :
Et, quoi qu'il fasse, il reste encore
Au dessous de la vérité.
J'aime de ta noble figure
Le contour pur et gracieux,
Le fluide azur de tes yeux,
L'or soyeux de ta chevelure; (2)
Le timbre argentin de ta voix
Qui nous excite, nous enflamme,
Et nous fait adorer tes lois.
Mais, j'aime surtout de ton ame
La chaste et naïve candeur :
Cette pudeur tendre, craintive,
Cette bonté toujours active,
De l'indulgence aimable sœur.
Lorsque dans ces bois, en silence,
Vénus aura guidé tes pas,
Oh! de grâce ne trahis pas
L'ardeur de mon impatience.
Ne te viens point à mon amour
Dérober, ô femme chérie,
Mais laisse à mon ame attendrie
Retrouver encore un beau jour.

Dans cette heureuse solitude,
Que ton cœur sans inquiétude
Se livre au doux besoin d'aimer,
Lorsqu'au plaisir tout le convie;
Rappelle-toi que dans la vie
Il n'est qu'un âge pour charmer.

V.

LE TIMIDE AVEU.

Je voudrais m'éloigner, et vers vous tout m'attire;
J'éprouve à votre vue un doux enivrement;
Répondrez-vous à mon brûlant délire,
Ou rirez-vous de mon tourment?

Non, vous ne rirez pas; car pour vous la Nature
Épuisant ses trésors de grâce, de beauté,
A votre cœur, par une affreuse injure,
N'a point refusé la bonté.

Non, vous ne rirez pas ; car votre ame sensible,
Limpide et si semblable à l'azur d'un beau jour,
    N'ignore pas qu'ils n'ont rien de risible
      Les chagrins causés par l'amour.

Cher et cruel objet de crainte et de tendresse ,
Ah ! si de mes constants et trop timides feux
    Vous consentiez à partager l'ivresse,
      Je me croirais égal aux Dieux !

VI.

AMOUR ET PRIÈRE.

Toi que le ciel sembla former·
Pour tourmenter ma triste vie,
J'ai souvent de ne plus t'aimer
Ressenti la secrète envie.
Mais quand j'essaie , loin de toi,
A fuir l'attrait de ta personne,
Je sens , hélas ! que, malgré moi,
Tout mon courage m'abandonne.
Car c'est en vain que la raison

Veut faire entendre son langage :
Pour ceux qu'aveugle Amour engage
Sagesse n'est plus de saison.
Chacun se soumet à l'empire
De l'esprit et de la beauté ;
Mais que la sensibilité
Bien plus sûrement nous attire !
O viens, abjurant de tes Dieux
La sombre et farouche rudesse,
Partager la brûlante ivresse
De mes désirs voluptueux.
O viens, dépouillant toutes craintes,
Apprendre au temple de Cypris
Combien sont douces les étreintes
De deux cœurs vivement épris.
L'amour est l'ame de la vie ;
Par lui tout mortel est vaincu
Et quiconque le répudie
Peut-il dire qu'il a vécu ?

VII.

LE SAULE PLEUREUR.

Arbre chéri de mon amante,
Que j'aime à voir de tes rameaux
La feuille pâle et frémissante
Se mirer au cristal des eaux.
On dit que la Mélancolie
A ses autels te consacra,
Que souvent plus d'une Égérie
Sous ton ombrage soupira.
Mais celle qu'un pieux hommage
Salua du doux nom de sœur,
De l'amour peut braver l'outrage,
Et ne craint rien de sa rigueur.
Lorsqu'une douce rêverie
Près de toi guidera ses pas,
Protège ses jeunes appas ;
Garde une tête si chérie
Des pièges de tout ennemi ;
Et que l'haleine de Zéphyre
A son cœur mollement soupire
Le nom de son plus tendre ami.

VIII.

L'ATTENTE.

Tu reviens en ce lieu qu'embellit ta présence
Je vais te revoir , et mon cœur
Se trouble , s'inquiète et vers le tien s'élance
Ivre de joie et de bonheur.

Sans doute il te souvient de la triste journée
Qui d'un Argus sombre et jaloux
Vit la haine sur toi follement déchaînée ,
Et le ridicule courroux.

Il ne savait donc pas en son erreur étrange ,
Dans ses cruels emportements ,
Qu'une femme toujours facilement se venge ,
Qu'il est un Dieu pour les amants !.....

Je t'attendrai ce soir au bosquet solitaire,
　　Dans ce doux et secret réduit :
Car l'amour véritable est ami du mystère ;
　　Il craint le grand jour et le bruit.

Viens, accours à ma voix, amante si chérie,
　　Dérobons-nous à tous les yeux ;
Ne souffrons pour témoin de notre rêverie
　　Que le dôme étoilé des cieux.

Peut-être, cependant, les chantres du bocage
　　Nous voudront ravir à leur tour :
Nous prouver, dans leur tendre et gracieux langage,
　　Qu'il n'est qu'un âge pour l'amour.

Oh viens ! ne tarde pas à quitter ta demeure,
　　Réponds à mon tendre désir ;
Songe que chaque instant, après la neuvième heure,
　　Est un larcin fait au plaisir.

I X.

RETOUR SUR LE PASSÉ.

Qu'est devenu ce temps, ô maîtresse adorée,
　　Où, bravant le froid des hivers,
Mon ame près de toi de bonheur enivrée
　　Rêvait l'oubli de l'univers ;

Où la docile Parque, au gré de notre envie,
　　Tressait de fils d'or et d'azur
Un réseau gracieux autour de notre vie,
　　Semblable au matin d'un jour pur ?

Quand sur mon sein brûlant ta tête abandonnée
　　Se penchait, belle de désir,
On croyait voir d'un lys la corolle inclinée
　　Riant aux baisers du zéphyr.

Quand, cédant aux transports de ton ardeur extrême,
  Quand tes yeux fixés sur mes yeux,
Ta bouche, en frémissant, me redisait : « *Je t'aime !* »
  Je me croyais l'égal des Dieux.

Hélas ! du temps jaloux la haine impitoyable
  Est cause de tous mes ennuis ;
J'ai vu changer, d'un trait de sa faulx redoutable,
  Mes beaux jours en de sombres nuits.

Oh ! qui donc me rendra de ma vive jeunesse
  Les ris et les folâtres jeux :
Ces rapides momens, divine enchanteresse,
  Où tu répondais à mes feux !

Vous ne reviendrez plus, croyances fortunées,
  Ère de brillant avenir ;
Il ne me restera de ces jeunes années
  Qu'un triste et vague souvenir !.....

X.

LE DÉPART,

Lorsque l'amante de Céphale,
Quittant les célestes parvis,
Déploira son manteau d'opale
A nos regards long-temps ravis ;

Lorsqu'emblême du temps mobile
L'airain sous trois coups gémira :
D'un char brillant l'élan agile
Loin de Paris t'entraînera,

Paris, cité riante et belle,
Paris, toujours cher à mon cœur !
Car toujours ce nom lui rappelle
De doux souvenirs de bonheur.

C'est là que mon ame enivrée
Te fit l'hommage de sa foi :
Te jura, maîtresse adorée,
De vivre et de mourir pour toi.

Cependant, le sort nous sépare :
Il t'éloigne de ce séjour ;
Et contre son arrêt barbare
Je n'ai d'espoir qu'en ton amour.

O que le Dieu de l'innocence
Vienne en secret la protéger ;
Que sa tutélaire influence
La garde du moindre danger ;

Et vous, qu'on craint ou qu'on implore,
Songes, volez, endormez-la :
Et laissez-lui long-temps encore
Croire que son amant est là !....

XI.

A SA PENDULE.

Du temps ingénieux symbole,
Sans regret, comme sans désir,
Tu marques l'heure qui s'envole
Et celle qui doit revenir.
Lorsqu'aux genoux de mon amie
L'amour aura guidé mes pas,
Oh ! de grace, ne trahis pas
L'espoir de mon ame ravie !
Mais plutôt suspends de ta voix
La mélancolique harmonie,
Pour que je puisse sous ses lois
Plus long-temps oublier la vie.
Maintenant qu'elle est loin de moi,
Que ton balancier lui rappelle
Qu'heureux esclave de sa foi,
Le cœur d'un ami bat pour elle.

XII.

LE RECOURS EN GRACE.

« Fuyez ! » — Sa bouche impitoyable
A dicté ce fatal arrêt.
Quel est mon crime, qu'ai-je fait?
D'où vient le malheur qui m'accable?
Mon ame s'élança vers toi
Avec candeur et confiance;
Telle était donc la récompense
Réservée à ma bonne foi.
Ce jour, d'éternelle mémoire,
Où je te pressai sur mon cœur,
Ce jour, devais-je, hélas! le croire
Le dernier jour de mon bonheur?
Si je fus coupable, pardonne :
C'est le noble attribut des rois;
Qui vécut sous tes douces lois
Ne saurait plus aimer personne.

4

XIII.

L'INCONSTANCE.

Toi qui me fis chérir la vie,
Toi qui fus mon premier amour,
Tu veux à mon ame ravie
Refuser encore un beau jour.

Déjà, ton humeur inquiète
Brûle du désir de changer;
Déjà, ton cœur tous bas regrette
De ne pouvoir se partager.

Tu redoutes l'amant sincère
Dont les sages réflexions,
Et la parole un peu sévère
Détruisent tes illusions;

Et l'on te voit, beauté volage,
Prête à partager le destin
D'un fat qui t'adresse un hommage
Offert à tout le genre humain !....

Plus d'un amant, dans son délire,
Dira qu'il meurt d'amour pour toi,
Te peindra son cruel martyre ;....
Mais sera-t-il de bonne foi ?

L'encens qu'un profane vulgaire
Jette aux autels de la beauté,
N'est jamais, quoiqu'il puisse faire,
Exempt d'un peu de vanité.

Quoi ! tu poursuis une chimère
Quand le bonheur est sous ta main !....
Mais les beaux jours sur cette terre
Ont rarement un lendemain.

XIV.

DANGERS DE L'ABSENCE.

Jour affreux, souvenir à jamais détesté,
    Je l'ai retrouvée infidèle;
Mon cœur la regardait comme une déité :
    Et ce n'était qu'une mortelle !

Elle disait : « Mon frère a besoin de ton bras ,
    « Vole, à l'amitié sois propice ;
« Et l'Amour, tendre amant, lorsque tu reviendras
    « Saura payer ce sacrifice. »

Tu priais, tu pleurais, comment te résister ?
    Je m'éloignai sans défiance.
Est-il, dans ces moments, permis de redouter
    Les maux que peut causer l'absence ?

Tu n'as point oublié combien dans ce combat
        Ton frère se montra sublime :
Ni par quel odieux et fatal attentat
            La mort put saisir sa victime.

Mais lorsque mutilé , sur mon lit de douleur ,
        J'expiais un zèle inutile ,
Cruelle, ni regard , ni mot consolateur
            N'ont pénétré dans mon asile.

L'avoûrai-je ? de soins beaucoup plus importants
        Ton ame alors était pressée ;
Un rival , au mépris des feux les plus constants ,
            Occupait toute ta pensée.

Le perfide , abusant par de cruels discours
        Ton ignorance trop crédule ;
Te prouvait qu'exposer pour un ami ses jours
            Etait du dernier ridicule.

Et toi, tu laissas faire à la sainte amitié
            Un outrage si volontaire ;
Mais l'homme qu'on flétrit devant toi sans pitié ,
            N'avait plus le don de te plaire !.....

Non : de tant de noirceur, de tant de cruauté,
   Tu ne saurais être complice ;
La naïve candeur et l'ingénuité
   N'ont jamais connu l'artifice.

Rends moi ton cœur : viens mettre un terme à l'abandon
   Qui fait le tourment de ma vie ;
Ah ! n'est-on point toujours assuré du pardon
   De l'amant trahi qui supplie ?

XV.

LA FUITE.

Est-ce une illusion, dois-je en croire mes yeux ?
   Ici, tout m'afflige et m'étonne.
Non : ce n'est point un rêve ; elle a quitté ces lieux :
   L'ingrate fuit et m'abandonne !

Elle a fui, la cruelle, elle a fui sans retour !......
   Et moi qui vantais sa constance ;
Imprudent ! qui m'étais flatté que son amour
   Résisterait à mon absence !

Sans doute, il te souvient de ce fatal moment
    Qui fit naître en toi tant d'alarmes ;
Ce jour qui fut pour toi l'affreux commencement
    Des gémissements et des larmes.

« Je t'aime, disais-tu, je ne vis que pour toi,
    « Et ma raison (plains sa faiblesse!)
« S'épouvante en songeant qu'une autre loin de moi
    « Peut te ravir à ma tendresse.

« C'en est donc fait! Bientôt le silence, le deuil,
    « Auront envahi cet asile :
« Tu pars ! l'éloignement de l'amour est l'écueil;
    « Et le cœur de l'homme est fragile.

« Ecarte loin de moi, je t'implore à genoux,
    « Le sombre chagrin qui le ronge ;
« Attends encore, attends !... » Et ces transports si doux
    Cachaient la fourbe et le mensonge !

Et ce même jour là, qui l'eût pu croire, hélas !
    Témoin du trouble de son ame,
La vit, perfide amante, entraîner sur ses pas
    Le nouvel objet de sa flamme.

Et moi qui du bonheur, sur sa sincérité,
　　　　Aimais à bâtir l'édifice !....
A qui se fira-t-on si l'ingénuité
　　　　Prend le masque de l'artifice ?

On me disait : « La femme est habile à mentir :
　　　　« Elle est inconstante et légère ;
L'excès d'amour pour elle est près du repentir,
　　　　« Car son ardeur ne dure guère. »

Mais mon aveuglement ne put de ce conseil
　　　　Comprendre la haute sagesse ;
Aussi, quand vint la fin de ce profond sommeil,
　　　　S'évanouit ma folle ivresse.

Sois heureuse en dépit de ta déloyauté ;
　　　　Poursuis ta brillante carrière !
Chez ton sexe je vois que la fidélité
　　　　N'est qu'une trompeuse chimère.

XVI.

LA RUPTURE.

Celui qui devant toi le front humilié
Avec tant de bonheur te consacra sa vie,
Devait-il donc s'attendre, impitoyable amie,
A se voir de toi-même aussi vite oublié?

Ne te souvient-il plus, cruelle, de tes charmes,
Du mal que me causa ta froide cruauté?
Est-il juste le droit qu'usurpe la beauté
D'exciter en nos cœurs d'éternelles alarmes?

Toi si fière pourtant, si rebelle à mes vœux,
Qui juras si long-temps de n'avoir pas de maître;
On te vit à la fin contrainte à reconnaître
L'invincible pouvoir du plus puissant des dieux.

Mais du bonheur, hélas ! l'ivresse est mensongère.
Combien ont peu duré ces fortunés moments !
Célestes voluptés, chastes enivrements,
Vous avez disparu comme une ombre légère !

Aujourd'hui, la rigueur de tes regards hautains
Vient encor de mes feux défier la franchise :
C'en est trop !..... Puisses-tu, d'un autre amant éprise,
N'en jamais à ton tour essuyer les dédains !

XVII.

RETOUR A LA LIBERTÉ.

Je croyais, dans mon ignorance,
Qu'amour, qu'égalité d'humeur,
Tendres soins, douce confiance,
Devaient assurer le bonheur.

Et j'oubliais que la jeunesse
Est féconde en illusions ;
Que l'on ne conquiert la sagesse
Qu'à force de déceptions.

Toi que nous offrit pour modèle
Dieu, dans sa touchante bonté ;
Femme, en qui toujours se révèle
Esprit, talents, grâces, beauté ;

Toi de qui le moindre sourire
Nous fait tomber à tes genoux,
Ignores-tu donc que l'empire
De la douceur est le plus doux ?

Du cèdre la beauté sauvage
Se fait remarquer en tous lieux ;
Chacun admire son feuillage,
Son front élancé dans les cieux ;

Mais qu'avec raison l'on préfère
Le saule aux modestes rameaux,
Dont la tige souple et légère
Plonge dans le cristal des eaux !

L'un, dans sa majesté superbe,
Veut s'affranchir de tout lien ;
L'autre, humble comme le brin d'herbe,
Paraît implorer un soutien.

Des autans l'un craint la colère,
Il cède : l'autre avec mépris
Résiste ;..... mais bientôt la terre
Reçoit ses orgueilleux débris.

Sur moi , dans ton aveugle ivresse ,
Tu voulus régner sans retour :
Et tu pris pour de la faiblesse
Mon indulgence et mon amour.

Souvent une douce prière
Fait fléchir les plus justes droits ;
Mais quand vit-on une ame altière
Subir d'humiliantes lois ?

Entre nous , si je te pardonne ,
Plus de tendresse , d'amitié ;
Car celle qui nous abandonne
N'a plus droit qu'à de la pitié.

Matelot , sauvé du naufrage ,
Je contemple d'un œil serein ,
Et brave , du haut de la plage ,
L'impuissance de ton dédain.

Et c'était là le prix étrange
A quinze ans d'amour réservé !....
Je le vois : tu n'étais pas l'ange
Par mon cœur si long-temps rêvé.......

FIN DU PREMIER LIVRE.

NOTES.

(1) Il n'est pas besoin, sans doute, de déclarer, en commençant ce recueil, que les diverses personnes auxquelles s'adressent les *Élégies*, et généralement les morceaux qui les suivent, sont des êtres tout à fait fantastiques, de pure imagination. L'auteur, en se livrant à ces *Rêveries*, dans le silence et les loisirs de la campagne, n'a eu pour but, comme il l'a dit plus haut, *qu'une sorte d'exercice littéraire ; que de chercher le moyen d'écrire en prose avec plus de correction et de facilité.*

L'auteur ajoutera à cette explication, qu'il a divisé les élégies en deux livres. Le premier contient celles adressées à une même personne ; le second se compose de morceaux détachés. L'auteur a cru devoir agir ainsi pour se conformer aux préceptes posés par les maîtres du genre, notamment par Millevoie, dont il ne paraîtra peut-être pas hors de propos de faire connaître l'opinion sur ce sujet.

« Properce, dit-il, a composé plus de quatre-vingts élégies, et ne
« célèbre qu'une seule beauté. Tibulle n'a laissé que vingt-quatre élé-
« gies proprement dites, puisque le quatrième livre, dont on lui a con-
« testé l'ensemble, ne contient que le panégyrique de Messala en grands
« vers, des fragments, la plupart médiocres, et enfin telle pièce qu'on
« rougirait d'attribuer à Tibulle. Eh bien! en si peu d'espace, il change
« quatre fois d'héroïne. Délie, Némésis, Néére et Sulpicie ont à peine
« le temps de se succéder. Un tel défaut d'unité doit essentiellement
« nuire à l'intérêt. Il suffisait au poète de ne nommer qu'une seule

« femme dans ses vers, dût-il en avoir aimé plusieurs dans sa vie. La
« fidélité poétique n'en exige pas davantage. Properce ne mérite ni ce
« reproche, ni un autre encore plus grave que je me garderai bien de
« spécifier. »

(2) L'auteur, pour se conformer aux traditions des anciens, a donné
à l'héroïne de ses *élégies* une *blonde* chevelure. On sait que la mère des
Amours avait les cheveux de cette couleur. *Flava comas Venus,* dit le
poète. Cette teinte était peut-être plus recherchée parce qu'elle était plus
rare. Une telle préférence n'était pourtant pas exclusive, puisqu'un écrivain célèbre, juge très compétent en pareille matière, a dit, en parlant
d'une beauté de Rome, qu'elle avait les yeux et les cheveux noirs : *Ni-
gris oculis, nigroque capillo;* ce qui prouverait, du moins pour ces deux
exemples, que les goûts sur ce point étaient et avec raison partagés.

ÉLÉGIES.

—

LIVRE SECOND.

ÉLÉGIES.

—

—

II.

LES DOULEURS D'UNE AMANTE.

I. — LE DÉDAIN.

Je chantais, et ma jeune lyre
Mêlait sa voix à mes accens;
Soudain, un étrange délire
Est venu surprendre mes sens.

Mais qui donc en mon ame excite
Ce trouble, ces transports divers?
C'est un Dieu puissant qui m'agite
C'est le maitre de l'univers :

C'est l'Amour!..... Et j'osai prétendre
Le braver : efforts superflus !
Et je cherchais à me défendre
Quand je ne m'appartenais plus.

Vainement, mon triste visage
Affectait un calme trompeur :
Je sentais un bruyant orage
Éclater au fond de mon cœur.

Mais que vois-je? Est-ce une chimère?
Ces rires, ce regard hautain....
Eh quoi! la fuite, le dédain
Insulteraient à ma misère !

Au nom des perfides attraits
Qui me captivent, je t'implore :
Amour, perce des mêmes traits
Cet indigne objet que j'adore.

Fais lui ressentir ton pouvoir :
Qu'un mutuel feu nous enivre ;
Car , lorsqu'on aime sans espoir
Autant vaudrait cesser de vivre.

11.

11. — L'ABANDON.

L'ingrat , aux pieds d'une autre belle
Osa porter d'autres amours !
Je devrais haïr l'infidèle ;
Et pourtant je l'aime toujours.

Qu'un amant sur nous a d'empire :
On croit à sa sincérité ,
Quand sous le masque du délire
Il outrage la vérité.

Mon cœur devinait sa venue.
Quand sur moi son œil arrêté
Disait son tourment : éperdue ,
Je frémissais de volupté.

Peut-on soupçonner d'inconstance
L'amant qui montra tant d'ardeur ?
Et cet excès de confiance
Est seul cause de mon malheur.

L'homme changeant, insatiable,
De sa foi, sans remords, fait don ;
La femme d'un tel abandon
Reste long-temps inconsolable.

Ah ! si pour regagner son cœur,
Empruntant à l'art un modèle,
Je n'avais qu'à paraître belle :
Je pourrais renaître au bonheur !

░ ░ ░ ░.

III. — LE RAPPEL.

Bientôt sur l'univers l'astre éclatant du jour
Pour la dixième fois aura décrit son tour,
Et rien de mon amant, dans cette solitude,
N'est venu mettre un terme à mon inquiétude.

Quel est donc son destin? quels fortunés climats,
Quels rivages ont vu la trace de ses pas?
Dans ces lieux, que naguère animait sa présence,
Ont succédé l'ennui, le deuil et le silence.
Moi-même je ne puis contempler sans effroi
Ce sinistre repos qui règne autour de moi.
Que me présage-t-il? Pas un mot de tendresse
N'a de mon cœur encor consolé la détresse.
Peut-être, j'en frémis! peut-être son amour
A-t-il ainsi que lui déserté ce séjour;
Peut-être, de mes feux victime infortunée,
Je suis à l'aimer seule aujourd'hui condamnée.
S'il en était ainsi, j'appellerais la mort;
Mourir, et lui léguer en mourant un remord!...
Mais où m'égare, hélas! une ardeur insensée?
C'est en vain que sur lui j'arrête ma pensée;
Vainement je me livre à des vœux superflus :
Je suis seule à l'attendre, et lui ne m'attend plus?
Car il est un silence, on le sait quand on aime,
Plus éloquent cent fois que l'éloquence même.
Mais non : il n'en est rien, car je connais son cœur;
Je le sais généreux, bon, noble, plein d'honneur.
Pourquoi donc, cependant, cet obstiné silence?
Qu'en dire? N'est-il point de sa coupable absence
Un cruel témoignage, un juge accusateur,
D'un perfide abandon l'affreux avant-coureur?

O combien d'une amante est grande la faiblesse !
A le justifier il me faut plus d'adresse
Que lui-même n'en met s'il doit m'abandonner ;
Je le veux innocent, et crains de pardonner.
Est-il rien, ô mon Dieu ! d'égal à ma misère?
Cependant je n'ai pas contre lui de colère ;
Mais n'être plus aimée !... Ah ! qui m'eût dit qu'un jour
L'amitié dans son cœur remplacerait l'amour !
A ce cruel affront me serais-je attendue ?
Serais-je à cet excès de malheur descendue,
Qu'après l'avoir trouvé parjure à son lien,
Cette même amitié me parait être un bien,
Une douce conquête, une faveur insigne,
Lui que de mon amour j'avais reconnu digne?.....
Non, non ! Si c'est ainsi qu'en ordonne le sort,
A cet abaissement je préfère la mort ;
Il me faut affranchir de cette incertitude :
La vie est à ce prix un supplice trop rude.

Encor, s'il en était de cet attachement,
Comme de ceux produits par le désœuvrement ;
Ces faux semblants d'amour, ces passions fragiles,
Que récèle en son sein l'oisiveté des villes ;
Tu pourrais sans remords, sans le moindre souci,
Éteindre cette flamme. Il n'en est pas ainsi.

Ce n'est point de ce jour que ta foi m'est jurée ;
Cinq ans en ont déjà consacré la durée ;
Et tu sais si, toujours fidèle à mon serment,
Je me plus à chérir ce noble engagement.
Ces cinq ans écoulés l'ont rendu légitime.
Tu ne peux désormais l'anéantir sans crime ,
Quand il est devenu si fertile en douleurs ,
Que jusque dans sa joie il renferme des pleurs.
Cet amour, il n'a rien de vain, de périssable ;
Il est, ainsi que Dieu qui l'allume, indomptable ;
Il embrase mon être : enfin, il est si grand,
Qu'il n'est rien au delà pour moi que le néant.
Oh ! que ton cœur du mien jamais ne se retire !
Viens plutôt, viens encore accroître mon délire ;
De toi dépend mon sort : me repousseras-tu ?
Pour toi, je haïrais jusques à la vertu !...
Peut-être, si j'étais envers lui plus sévère,
Peut-être qu'un regard de fierté , de colère ,
L'aurait, sans hésiter, conduit à mes genoux ,
Ramené le retour de ces plaisirs si doux ,
Ces ravissants éclairs d'ivresse ; mais la feinte
De ses honteux replis ne m'a jamais étreinte ;
Mon amour est sans art : sa force est la candeur.
Garderas-tu pour moi cet excès de rigueur ?
Qui peut donc t'arrêter, cruel, que peux-tu craindre ?
Je sais des lieux où rien ne saurait nous atteindre ;

7

La patrie est aux lieux qui donnent le bonheur. (1)
Accueille ma prière, accours, rends-moi ton cœur,
N'hésite plus : tu vois mes tourments et mes larmes ;
Je t'ai tout immolé, pudeur, périls, alarmes ;
Essence de mon être, oh ! viens, reviens à moi :
Mon ciel c'est ton amour, et mon seul Dieu c'est toi !

III.

L'ÉTOILE FILANTE,

OU

L'AMANTE ET L'ÉTOILE.

Petite étoile qui scintilles
Dans le liquide azur des cieux,
Pourquoi de tes clartés mobiles
Priver subitement nos yeux ?

Peut-être, dans ta marche errante,
Quittant ce vallon de douleur,
Cours-tu, déité bienfaisante,
Éclairer un monde meilleur ?

(1) *Ubi benè, ibi patria.*

Mais quel puissant motif t'engage
A fuir ainsi nos doux climats ?
Quoi ! les dangers d'un tel voyage
Ne peuvent arrêter tes pas !

Crains tout : à toi seule livrée,
Que deviendras-tu ? J'en frémis !
Au sein même de l'empirée
On rencontre des ennemis.

Tu vas, par ta fuite imprévue,
Plus d'un tendre cœur affliger ;
Car de tes feux brillans la vue
Lui marquait l'heure du berger.

Reviens vite, étoile chérie,
Relever mes sens éperdus ;
C'est une amante qui t'en prie....
N'es-tu pas la sœur de Vénus ?

Prête à mon amoureux délire
Le doux éclat de ton flambeau ;
Crains, en prolongeant mon martyre
De ne plus trouver qu'un tombeau.

Cet astre qui, dans son passage,
Par sa vive clarté séduit,
N'est-il pas la fidèle image
Du bonheur qui toujours nous fuit?

V.

LA PERTE D'UNE AMANTE.

J'avais une fidèle amie
A qui j'avais livré mon cœur;
Du sort l'inflexible rigueur
Me l'a subitement ravie.

Si tes foudres capricieux
Avaient besoin d'une victime,
Cruel! depuis quand à tes yeux
Aimer peut-il paraître un crime?

Lorsqu'à mes regards tu l'offris,
Qu'elle était ravissante et belle !
Ce n'était pas une mortelle ,
C'était la fille de Cypris.

Sous un frais et discret ombrage
L'Amour avait guidé nos pas.
C'est là qu'à ses jeunes appas
Je rendis mon premier hommage.

Doux entretiens, chastes ébats ,
Evanouis comme un beau songe ,
N'êtes vous pas la preuve, hélas !
Que tout n'est qu'erreur et mensonge ?

Aujourd'hui que de tant d'attraits
Il ne reste qu'un peu de cendre :
Je sens qu'à de riants projets
Je n'ai plus le droit de prétendre ;

Et si des devoirs absolus
Retiennent mon ame asservie ,
Du moins il est une autre vie
Où l'on ne se sépare plus !

VI.

MÊME SUJET.

Voici donc le séjour où mon ame enivrée
    Vit s'écouler son beau printemps,
Où, sous les douces lois d'une amante adorée,
    Je défiais la faulx du temps.

La céleste amitié, les plaisirs et l'ivresse
    S'unissaient d'un touchant accord,
Dans ces lieux aujourd'hui voués à la tristesse,
    Au froid silence de la mort.

D'une femme la voix et l'heureuse présence
    Avaient animé ces déserts ;
Et mon cœur captivé par leur douce influence,
    Ne rêvait point d'autre univers.

Que de maux soulagés! Le pauvre, en sa misère,
    Ne l'implora jamais en vain.
Le ciel l'avait, dit-on, mise sur cette terre
    Pour le bonheur du genre humain.

Combien elle était belle et de tous enviée,
    Lorsqu'à de champêtres repas
Accourait des enfants la foule conviée,
    Baisant la trace de ses pas!

Mais de tant de vertus on ne vit que l'aurore,
    Ange, si digne de regret;
Ton règne fut celui de l'ardent météore,
    Qui brille, éclate et disparaît.

Ce monde trop léger n'était pas digne d'elle; (1)
    Mais Dieu lui gardait son appui.
Sur un rayon tombé de sa sphère immortelle,
    Il la fit remonter vers lui.

Dès lors, il me sembla qu'un effrayant orage
    Eût soudainement éclaté,
Et changé ces beaux lieux en une vaste plage
    Hideuse de stérilité.

(1) *Non la conobbe il mondo.* (Pétrarque).

Adieu, riant séjour, témoin de ma jeunesse,
　　　Témoin de mon premier soupir ;
Il ne me restera d'une si longue ivresse
　　　Que le douloureux souvenir.

Et vous, dont j'admirais la cime noble et fière,
　　　Grands arbres, dans ce jour de deuil,
Vous ne dispensez plus votre ombre hospitalière
　　　Qu'au marbre glacé d'un cercueil!....

VII.

UNE TOMBE.

Passant, quand tu viendras en ce lieu solitaire,
　　　Si tu compatis au malheur,
Incline un peu ton front sur cette humide pierre,
　　　Cause de ma juste douleur.

Ce marbre sépulcral enferme d'une amante
　　　L'insensible et mortel débris.
Naguère on admirait sa grâce ravissante
　　　Et son adorable souris.

A de tendres liens elle était destinée;
    Mais l'ivresse fit place au deuil.
Devait-on croire, hélas! que les feux d'hyménée
    S'allumeraient sur un cercueil?

Quoi donc! rien ne saurait de la terrible Parque
    Fléchir les jalouses rigueurs;
Tout tombe sous ses coups : et le puissant monarque,
    Et la plus modeste des fleurs!

La vie est de la mort l'inévitable voie.
    Si dans ce vallon ténébreux
Sur vingt jours d'amertume il en est un de joie,
    Ne faut-il pas se dire heureux?

Non : il n'est plus pour moi d'espoir sur cette terre :
    Le malheur a flétri mes ans.
Ange, si l'Éternel exauce ma prière,
    Tu ne m'attendras pas long-temps.

VIII.

LA BERGÈRE ET LE SOLDAT.

Aux champs de la riche Algérie,
Un jeune favori de Mars
Des combats, loin de sa patrie,
Affrontait les nombreux hasards.

Son amante triste, pensive,
Au souvenir de son amant,
Errait, et, d'une voix plaintive.
Exhalait ainsi son tourment :

« Bocage, asile du mystère,
« Témoin de nos premiers amours,
« C'est sous ton abri tutélaire
« Qu'il jura de m'aimer toujours.

« Et toi, dont l'obligeant murmure
« Semble s'unir à mes douleurs,
« Ruisseau chéri, ton onde pure
« A souvent emporté mes pleurs.

« Pour moi, dans ce triste veuvage,
« Les fleurs seules ont des attraits ;
« J'aime leur innocent langage,
« Car elles ne mentent jamais.

« J'interroge la marguerite
« Au blanc calice, au bouton d'or,
« Qui me répond : *Pauvre petite,*
« *Va, ne crains rien; il t'aime encor.*

« Contre les tourments de l'absence
« En vain j'invoque ma raison.
« Avec l'amour, la confiance
« Est-elle jamais de saison ?

« Seul, sur cette plage étrangère,
« Quelle main le protégera :
« Qui soulagera sa misère,
« Quelle bouche lui sourira ?

« Et si, trop digne objet d'envie,
« Jeté dans un piège odieux,
« La mort tranchait ta noble vie;
« Quel ami fermerait tes yeux?

« Mais qui plane ainsi sur ma tête?....
« Ces oiseaux..... ces cruels ébats!....
« Est-ce le signal d'une fête,
« Ou le présage d'un trépas? »

Sa crainte, hélas! était fondée.
Elle ne put se trouver là
Quand, sur la rive abandonnée,
Le héros, loin d'elle, expira.

Mais, par les soins de son amie,
La cendre du vaillant guerrier
Fut pieusement recueillie,
Et recouverte d'un laurier.

Long-temps à l'urne funéraire,
Ceinte de crêpes et de fleurs,
On vit la vierge solitaire
Porter le tribut de ses pleurs.

Un jour, pourtant, de la vallée
L'écho resta silencieux :
Car le marbre du mausolée
S'était refermé sur tous deux.

IX.

SUR LA MORT

DE LA PRINCESSE MARIE,

DUCHESSE DE WURTEMBERG.

Eheu ! flebilis occidit !....
Quelle perte !....

(Vallée de Dreux, le 26 janvier 1839.)

Qui trouble ainsi ces lieux consacrés à l'étude ?
Qui vient émouvoir ce séjour ?
Quoi ! les riants échos de cette solitude
Ne rendent plus de chants d'amour ?

Où va cette lugubre et murmurante foule,
　　　Epanchée en reflets divers :
Semblable au large flot qui glisse et se déroule
　　　Sur l'immense abîme des mers?

Ce pieux étendard qui dans l'air se déploie,
　　　Ce Christ, ces chants religieux,
Attestent que la mort a recueilli sa proie,
　　　« Qu'un ange de plus est aux cieux. » (1)

Fille et femme de rois, elle était jeune, belle,
　　　Et promise à plus d'un beau jour;
Mais la Parque veillait, hideuse sentinelle,
　　　Et nous la ravit sans retour.

Elle était reine et bonne, elle fut adorée;
　　　Mais cet encens la toucha peu.
Son ame n'en fut pas follement enivrée :
　　　Elle rapportait tout à Dieu.

(1) Paroles de la Reine.

Qui pourrait dignement raconter une vie
    Si féconde en douces vertus ?
Trésor que trop souvent chacun de nous envie
    Lorsqu'il ne le possède plus !....

Le char, en gémissant arrive à la chapelle,
    Qui, dans ses antres ténébreux,
Engloutira bientôt la dépouille mortelle
    Du noble objet de nos adieux.

Mais qui donc le premier vient ouvrir la carrière,
    Le front obscurci de douleurs,
Le regard abattu?....C'est le Roi, c'est un père,
    Qui ne peut retenir ses pleurs......

. . . .
Sous le triste horizon du terrible Borée,
    Conduite aux autels de l'hymen,
Son règne fut d'un jour : rose décolorée,
    Elle n'eut pas de lendemain.

Tout-à-l'heure, elle était brillante : elle succombe !....
    De ses attraits, de son souris,
Que nous est-il, hélas ! resté ? rien qu'une tombe,
    Rien, que d'insensibles débriss !

Cependant, sous les doigts de cette faible femme,
Le marbre, dompté par son art,
Inondait de ce feu qui dévorait son ame,
Les traits de Jeanne et de Bayard.

Pleurez, Muses, quittez vos sommets d'Aonie,
Prenez votre manteau de deuil;
Celle dont l'univers admirait le génie
Dort pour toujours dans un cercueil.

Si le soleil brûlant d'une rive étrangère
A vu ton doux éclat pâlir ;
Si le destin jaloux empêcha que ta mère
Ne reçût ton dernier soupir ;

O fille regrettée, ô trop fragile rose,
Si vite ravie au bonheur,
Ton nom vivra du moins, et ta cendre repose
Dans un lieu chéri de ton cœur.

X.

MÊME SUJET.

Jeune fleur, naissante rose,
Qui fus l'orgueil du printemps,
Quoi! flétrie à peine éclose,
Par le souffle des Autans !

Sous la zône de Borée
Conduite par le destin,
Tu languis décolorée,
Et ne brillas qu'un matin.

Mais peut-il sembler étrange
Que tu trahisses nos vœux ?
Ton sort fut celui d'un ange :
Et sa demeure est aux cieux......

Vers la France, sa patrie,
Mourante, elle se tourna ;
Et sa corolle flétrie
Pieusement s'inclina.

Ah! si la rive étrangère
Vit ton doux éclat pâlir ;
Si la douleur d'une mère
N'eut pas ton dernier soupir ;

Pauvre fleur ; fragile rose,
Sitôt ravie au bonheur,
Du moins ta cendre repose
Dans un lieu cher à ton cœur.

XI.

LA BERGÈRE TRAHIE.

J'étais, disait-on, la plus sage
Parmi les filles du hameau ;
Chacun admirait mon corsage
Et la blancheur de mon troupeau.

L'autre soir, près de la fontaine,
Sous un saule au rameau tremblant,
Colin me confia sa peine,
Et me jura d'être constant.

— « On est trompeur, même au village.
« Berger, qui répondra de toi?
« Faut-il croire ton doux langage,
« Seras-tu fidèle à ta foi?

— « Bergère, tant que l'onde pure
« Qui suit ce gracieux détour,
« Nous charmera par son murmure,
« J'aimerai Nicette d'amour. »

Je l'écoutai : sa voix si tendre
Semblait promettre le bonheur;
Pouvais-je long-temps me défendre?
Je lui laissai ravir mon cœur.

Maintenant, l'ingrat me délaisse,
Et son insultante pitié
N'offre pas même à ma détresse
Une parole d'amitié.

Semblable au papillon volage
Qui s'élance de fleur en fleur,
Partout il prodigue l'hommage
De sa folle et coupable ardeur.

Et moi, quand le jour vient d'éclore,
Presqu'heureuse de mes tourments,
Je me plais à revoir encore
Le lieu témoin de nos serments.

Mais hier, quand mon œil avide
Se dirigea vers le côteau,
Hélas! que vis-je? le perfide
Avait détourné le ruisseau !!!

L'orgueil soutint seul mon courage
En cette affreuse extrémité,
Où l'ingrat ajoutait l'outrage
A sa noire infidélité.

. . . .
Si tu n'avais pas une larme
Pour ma trop juste affliction,
Devais-tu donc briser le charme
D'une dernière illusion?....

XII.

LA FÉLONIE.

« Vole, ma colombe légère,
« Aux barreaux de la vieille tour :
« Vole, fidèle messagère,
« Porte-lui mes sermens d'amour. »

Car elle errait triste, pensive,
La jeune et sensible Adaté
Qu'un félon retenait captive
Aux sources du Guadalété.

« Ton sang lavera mon outrage ! »
Lui criait Edgar ; mais le sort
Trahit son généreux courage :
Dans un piège, il trouva la mort.

De sa compagne désolée
Ce dernier coup brisa le cœur.
Pâle, mourante, échevelée,
Elle disait dans sa douleur :

« O mets un terme à ma misère.
« Mourir pour un amant est beau,
« Marie, et que la même pierre
« Serve à nos restes de tombeau. »

La Vierge accueillit sa prière.....
Et la colombe, dès ce jour,
Vint, inquiète et solitaire,
Voltiger au pied de la tour!

FIN DU LIVRE SECOND.

STANCES.

Quand la morale se présente dans les *Stances,*
ce n'est que sous des dehors aimables, et dépouillée de sa sécheresse et de son austérité. La gaîté
n'est point exclue des stances. Tous les rhythmes
conviennent à ce genre ; mais le vers de huit syl-
labes est celui qui parait lui être le plus propre.

(*Petite Encyclopédie poétique*).

Un morceau composé de plusieurs stances, con-
serve le nom de *Stances* lorsqu'il roule sur un
sujet simple, que l'expression en est douce, na-
turelle, et que les mouvements n'ont ni désordre
ni impétuosité.

(Panckouke.)

STANCES.

—

I.

L'ENFANCE.

L'enfance, âge d'or de la vie!

L'Auteur.

J'aime la gracieuse et pétulante enfance,
Son naïf abandon, son sourire moqueur;
Et de cet âge heureux la douce souvenance
    Fait toujours tressaillir mon cœur. (1)

(1) *Dann hüpft mir das Herz for Freude.* (Gessner.)

Voyez ce jeune enfant préluder aux batailles,
Nouveau César à peine échappé du berceau :
Vouloir, présomptueux, renverser des murailles
        Avec son glaive de roseau.

Puis, bientôt élancé dans une autre carrière,
Du temple de Minerve il franchira le seuil :
Courra, le chêne au front, dans les bras de sa mère,
        Sublime de joie et d'orgueil.

Plus tard, vous le verrez, impatient de gloire,
Pour Mars quitter sa mère et son natal séjour;
Puis n'oser implorer pour prix de sa victoire,
        Qu'un geste ou qu'un regard d'amour.

Que si l'ambition, lui déclarant la guerre,
Vient s'offrir, à son tour, sous les traits du bonheur;
L'imprudent, ébloui par cette autre chimère,
        Lui livrera soudain son cœur.

Enfin apparaîtra la chagrine vieillesse,
Et son cortège affreux de plaintes, de besoins;
Du bel âge n'offrant qu'un seul trait : la faiblesse,
        Avec l'innocence de moins.

Heureux temps, qu'à bon droit chacun te porte envie!
Eh! quel homme, humble ou fier, modeste ou triomphant,
N'a jamais, une fois au moins durant sa vie,
  Voulu redevenir enfant?

Qui n'a rêvé non plus (car l'on rêve à tout âge),
En lisant les hauts faits des Grecs et des Romains,
Que son nom remplirait une immortelle page
  Dans le grand livre des destins?

Ah! tandis que le sort te rit et te caresse,
Enfant, joyeux enfant, hâte-toi de jouir;
Car tu verras tes jours de bonheur et d'ivresse
  Comme une ombre s'évanouir!

II.

LA JEUNESSE,

ou

LES VICES DE L'ÉDUCATION EN...... 1740.

> Dans ce temps là,
> C'était déjà comm' ça.
> (SCRIBE.)

O toi que l'on envie à tort ;
Toi, dont les plus belles années
Sont à l'étude condamnées,
Pauvre enfant que je plains ton sort !

Un pédant, bouffi de jactance,
De toi bientôt s'emparera,
Et sans pitié s'exercera
Sur ta débile intelligence.

Voyez-le , d'un ton plein d'ennui ,
Venir commenter la grammaire :
Te rendre la science amère ,
Mais cent fois moins lourde que lui.

Puis, à ton ame stupéfaite,
Avec emphase il apprendra,
Et même, au besoin, jurera
Qu'en un jour la terre fut faite ;

Que Dieu, par un vaste appareil,
Manifesta souvent sa gloire ;
Qu'en plein midi, selon l'histoire ,
Un Juif arrêta le soleil.

Un autre génie imbécille
Venant ensuite t'assaillir,
Te fera tristement vieillir
Sur Sénèque, Horace et Virgile ;

Te dira quels sont ces humains
Au temps de Claude, de Tibère ;
Ces lâches tyrans de la terre
Décorés du nom de Romains.

Par quelle ingénieuse trame
Un Troyen, nommé le *Pieux*,
Prétendant obéir aux Dieux,
Sut, en chemin, perdre sa femme.

Quand ces pédants en ton cerveau
Auront leur doctrine entassée,
Tu deviendras, dans leur pensée,
Du monde le premier flambeau.

Soit; mais ta mémoire nourrie
Des hauts faits de Rome et d'Argos,
Ne connaîtra pas les héros
Qui sont l'orgueil de ta patrie.

Malgré cette érudition,
Qui fait leur bonheur et ta joie,
Tu deviendras bientôt la proie
De plus d'une déception.

Qu'un intrigant, à l'air candide,
S'approche et te serre la main,
Ton cœur l'adoptera soudain :
Le prenant pour un Aristide........

C'est que, pauvre enfant, ici-bas
Il existe une autre science,
Que l'on appelle *expérience*,
Et qu'en un livre on n'apprend pas !

III.

UNE MÈRE.

Elle vit dans son fils, et non plus dans soi-même.

LEGOUVÉ.

Enfants, savez-vous bien ce que c'est qu'une mère ?
C'est un foyer brûlant d'amour et de bonté,
D'indulgence, de soins, d'ardente charité,
        Et d'abnégation entière.

Si sur le front d'un fils une vague pâleur
Vient, innocent présage, apparaître à sa vue ;
La voyez-vous tremblante, inquiète, éperdue,
        Et les traits glacés de terreur ?

Mais qu'en de vifs transports son bonheur se déploie
Aux rayons d'un espoir long-temps évanoui :
Comme alors en son cœur, soudain épanoui,
    Éclate une bruyante joie !

Et pourtant quand ce fils, dans ses transports fougueux,
Ira se prosterner aux genoux d'une amante,
Sa mère tout d'abord sera la confidente
    De la folle ardeur de ses feux.

Victime résignée à ce triste partage,
Sa craintive tendresse en secret gémira ;
Mais sa bouche jamais ne lui reprochera
    La cruauté d'un tel outrage.

Une mère ! quel noble et touchant souvenir
Ce nom cher et pieux incessamment rappelle !
Trésor dont tout le prix, hélas ! ne se révèle
    Que quand on n'en peut plus jouir !

Quelle autre qu'une mère, à nos goûts asservie,
Viendrait encourager nos timides essais,
Et, guide patient, préparer nos succès
    Dans la carrière de la vie ?

Enfants, gardez-lui donc un éternel amour.
De soins religieux que toujours entourée,
Autant que Dieu par vous elle soit vénérée,
 Afin de l'être à votre tour.

IV.

LA PRIÈRE DE L'ENFANT.

Sinite parvulos ad me venire.
Év. selon S. Matth.

Laissez venir à moi les tout petits enfants.

Je ne suis, ô mon Dieu, qu'un tout petit enfant,
 Et non une grande personne ;
Je n'ai rien que mon cœur, et je vous l'abandonne :
 Conservez-le pur, innocent.

O mon Dieu, je vous aime ! Accueillez ma prière,
 Et mes souhaits de chaque jour ;
Protégez-moi : gardez long-temps à mon amour
 Maman, papa, mon petit frère.

J'ai des défauts : je suis vif, entêté, mutin,
       Gourmand, paresseux, volontaire ;
Mais ne vous montrez pas contre moi trop sévère :
       Je serai plus sage demain.

Puisque j'ai fait le mal, pour mes fautes j'implore
       De vous un généreux pardon ;
C'est parce qu'on vous sait juste, indulgent et bon,
       Qu'on vous aime et qu'on vous adore.

Sans vous nul ne peut rien. Eh ! que suis-je aujourd'hui ?
       Un pauvre enfant faible, fragile.
Pour devenir plus tard un homme honnête, utile,
       Mon Dieu, prêtez-moi votre appui !

V.

LE PRÉSOMPTUEUX.

Si Dieu n'existait pas, il faudrait l'inventer.

VOLTAIRE.

L'ÉCOLIER.

— De ma raison l'effort sublime
A tout surpris, tout découvert :
Du ciel, des mers, le vaste abîme
Aisément pour moi s'est ouvert.

LE PHILOSOPHE.

— Jeune homme, de ta suffisance
Quel autre ne serait choqué?
Crois-tu donc que de la science
Les calculs aient tout expliqué?

Tu sais l'origine du monde
Et l'âge de ses habitants ;
Qui, parmi ces globes errants,
Maintient une chaleur féconde ?

Qui fait renaître la vigueur
Dans la plante déjà flétrie ;
Qui peut donner à la prairie
Son vif éclat et sa fraicheur ?

Tu sais comment vient le brin d'herbe
Qui se rencontre sous tes pas ;
Tu sais, philosophe superbe,
Ce qu'est la vie et le trépas?

Ne viens plus te vanter encore,
Être misérable et petit,
Qu'un faible rayon laisse éclore,
Qu'un léger souffle anéantit.

Ces dons que Dieu, dans sa largesse,
Versa sur nous à pleines mains,
Attestent à tous les humains
Et sa puissance et ta faiblesse.

Abaisse ton front attristé :
Consacre, par un saint hommage,
De celui qu'en vain l'on outrage
L'irrécusable majesté.

Car il faut bien le reconnaître :
Tout naît, vit et passe au néant
A la voix du souverain Maître ;
L'homme n'est rien : Dieu seul est grand !

VI.

AMOUR ET PLAISIR.

Eheu ! fugaces
Labuntur anni !...
HORACE.

Nos ans, hélas ! s'envolent comme un rêve !
TRAD. LIB. DE L'AUTEUR.

Consacrez à l'amour d'une vive jeunesse
        Les doux et fortunés loisirs ;
Il reste assez de temps pour l'austère sagesse,
        Et jamais trop pour les plaisirs.

Celui dont le front chauve et la tête blanchie
        A traversé soixante hivers,
Peut-il venir encor, dans les bras de Sylvie,
        Chercher l'oubli de l'univers ?

Pour les illusions, hélas! il n'est qu'un âge;
    Et l'impitoyable Cypris
Repousse avec dédain le ridicule hommage
    D'un Céladon à cheveux gris.

Quelques-uns qu'a séduits une vaine fumée,
    Vont faire à la gloire leur cour;
La gloire!.... si semblable à la rose embaumée,
    Qui naît, vit et meurt en un jour.

Si cet astre changeant, vagabond météore,
    Nous éblouit par sa splendeur,
L'amour et le plaisir ont plus d'attraits encore,
    Car ils nous donnent le bonheur.

VII.

A LAMARTINE,

SUR SA NOMINATION DANS TROIS COLLÉGES.

Quoi! celui dont le monde admire le génie
    Et les touchantes fictions,
Quitte encor les sommets de la docte Aonie
    Pour nos obscures régions!

— « Quel est donc ce pouvoir dont la main tyrannique
  « Imprime partout la terreur?
— « C'est un monstre odieux, l'affreuse Politique
  « Qui revient envahir son cœur.

— « Sans doute des attraits, une noble figure
  « Excusent ces airs triomphants?
— « Non, son port est ignoble et son ame est impure,
  « Elle dévore ses enfants.

« Mais pour séduire mieux il n'en est pas un autre. »
  Et trois villes ont, à la fois,
Brigué l'insigne honneur de t'avoir pour apôtre
  De leurs besoins et de leurs droits.

Si ton ambition peut être satisfaite,
  Ce n'est pas là qu'est le bonheur;
Et l'agitation des cités n'est point faite
  Pour le chantre du *Bon pasteur*.

Ne te souvient-il plus des filles de Mémoire,
  Témoins de tes premiers essais?
Tu leur dois les rayons les plus purs de ta gloire,
  L'éclat de tes plus doux succès.

Va, ton grand cœur a fait assez pour la patrie :
    Rentre dans le sacré vallon;
Pourrais-tu résister à la voix qui t'en prie,
    Lorsque c'est la voix d'Apollon?

VIII.

LA CHARITÉ.

AUX MAUVAIS RICHES.

> Il se faut entr'aider : c'est la loi de nature.
>
> LAFONTAINE.

O vous à qui, dans son aveuglement,
Le Dieu Plutus prodigua la richesse :
Pour qui la vie est un enchaînement
    De jouissances et d'ivresse;

Vous oubliez que plus d'un malheureux,
Du sort jouet et cruelle victime,
Avec bonheur partagerait la dîme
    De vos festins voluptueux.

Que si, quittant ces splendides demeures
Où votre orgueil étale ses atours,
Vous dérobiez à vos jeux quelques heures
    Pour parcourir nos carrefours;

A vos regards de l'humaine misère
Se déploîraient les lugubres tableaux;
La faim, du crime horrible avant-courrière :
    Semblable au spectre des tombeaux.

Vous y verriez la honteuse luxure
Sur qui le temps a creusé ses sillons;
Échevelée, hideuse en sa souillure,
    Et recouverte de haillons.

O que sur vous pèse à jamais le blâme,
Si de ces maux l'affreuse nudité
Ne venait point exciter en votre ame
    Quelques accès de charité!

Donnez : la vie est une ère d'épreuve.
Jamais, dit-on, un bienfait n'est perdu;
Et le denier qu'on délaisse à la veuve
    Largement nous sera rendu.

IX.

LE SOMMEIL D'UN ENFANT,

ou

UNE MÈRE AU BERCEAU DE SON FILS.

> A peine nous ouvrons les yeux à la lumière,
> Que nous recevons d'elle, en respirant le jour,
> Les premières leçons de tendresse et d'amour.
>
> Ducis.

Tout s'émeut : tout bénit dans la nature entière
    Les naissants rayons du soleil;
Et mon œil inquiet fixé sur ta paupière,
    Guette l'instant de ton réveil.

Car chacun, ici-bas, doit son premier hommage
    A l'Éternel dont la bonté
Créa l'homme et l'enfant à sa vivante image,
    Et leur dispense la clarté.

Voyez donc comme il dort étendu sur sa couche !
De doux songes au teint vermeil,
Voltigent, souriants, près des plis de sa bouche,
Afin d'égayer son sommeil.

Qu'il est tranquille et pur le repos de l'enfance,
Ce temps des naïves amours !
Ère d'entraînement, d'heureuse insouciance,
Pourquoi ne pas durer toujours ?

Mais des illusions sitôt que la chimère
A ses sens charmés aura lui :
Ce fils trop oublieux méconnaîtra sa mère,
Qui pourtant n'a d'espoir qu'en lui.

Qu'il s'élance à la voix de l'affreuse Bellone,
Sublime d'ardeur et d'orgueil,
Au lieu de ce laurier dont l'éclat l'environne
Mon amour ne voit qu'un cercueil.

Peut-être aussi qu'aux pieds d'une beauté volage
L'imprudent ira s'attendrir,
Et ne songera pas combien d'un tel partage
Je dois cruellement souffrir.

Car ces charmants ingrats, prodigues de tendresse
Au fol objet de leurs erreurs,
Ne s'offrent plus à nous qu'accablés de détresse,
Que pour nous voir sécher leurs pleurs.

Mais que le sort te soit ou propice ou contraire,
O mon enfant! reviens à moi :
Il restera toujours dans le cœur de ta mère
La plus grande place pour toi.

Et si le ciel voulait que de ta destinée
Ma raison dirigeât l'essor ;
J'écarterais de toi la coupe empoisonnée ;
Tu n'aurais que des rêves d'or!

ENVOI.

A MADAME ***.

Pour peindre ces terreurs et ces transports si doux
Que le cœur d'une mère et concentre et révèle,
J'ai cherché bien long-temps, mais en vain un modèle...
Et ne l'ai découvert qu'en vous.

AUTRE ENVOI.

A MADAME ***.

J'espérai bien long-temps peindre avec vérité
De l'enfance l'aimable et joyeux caractère ;
Vous parûtes..... Je vis que je m'étais flatté :
Qu'il faut l'esprit, la grâce et le cœur d'une mère.

X.

ADIEUX A LA JEUNESSE.

Adieu, trop brillante jeunesse,
Adieu, bel âge plein d'attraits ,
A votre séduisante ivresse
Il faut renoncer pour jamais.

Quand tout nous rit dans la nature ,
Que les fleurs naissent sous nos pas,
Craint-on des hivers la froidure,
Craint-on l'approche du trépas?

Mais tandis que l'on s'abandonne
Au charme des séductions,
Du temps l'avide faulx moissonne
Nos plus chères illusions.

Ah! si du fleuve de la vie
On pouvait remonter le cours,
A la triste philosophie
Je renoncerais pour toujours.

Aux rêves d'une gloire folle
Je dirais un semblable adieu :
La beauté serait mon idole ,
Le plaisir mon unique dieu.

Printemps, dont la douce chimère
Vient sans cesse nous éblouir,
Pourquoi, comme une ombre légère,
Naître et sitôt t'évanouir!

XI.

SUR LE MARIAGE.

1° LE CONTRE.

RÉALITÉ.

> · · , · · · · dans cet antre
> Je vois fort bien comme l'on entre ,
> Et ne vois pas comme on en sort.
>
> LAFONTAINE. (*Réponse du Renard,*
> *dans la fable du* Lion malade).

Le redoutable enfant qu'on adore à Cythère ,
Qu'on proclame partout le plus puissant des Dieux ,
N'est pas aussi cruel ni plus craint en tous lieux
Que l'autre adolescent qu'on appelle son frère.

L'un, sur l'aile des Ris, des folâtres désirs ,
Obtient, en badinant, le pardon de ses crimes ;
L'autre, empruntant les traits des plus chastes plaisirs ,
D'un lien éternel enlace ses victimes.

Malheur, malheur à toi, téméraire Caron,
Qui t'es imprudemment lancé dans cette voie;
Tu deviendras bientôt l'inévitable proie
De la voracité d'un nouvel Achéron. (1)

Pour la femme l'hymen est toute une existence
De doux ravissements et de félicité;
L'homme qu'y trouve-t-il? soucis, indifférence,
Le tombeau du bonheur et de la liberté.

Au captif, dont des murs enferment la misère,
Ce mot de *liberté* présente mille appas;
Mais son prisme n'est plus qu'une affreuse chimère
Pour celui que l'Argus a surpris dans ses lacs. (2)

De poètes obscurs la Minerve affamée
A pu d'un tel état exalter les destins :
Imitant cet auteur qui décrit des festins,
Dont il n'a qu'entrevu la lointaine fumée.

(1) *Lassat' ogni speranza, voi ch'intrate.*
                                    DANTE.

(2) . . . . *Servi siam, sì;*
    Ma servi ogn'ora frementi!.....
                                    ALFIERI.

Mais quand le dieu d'un trait de sa fatale main
Du malheureux époux vient obscurcir l'aurore,
Vainement s'attend-il à voir briller encore
L'éclat consolateur d'un heureux lendemain.

2º LE POUR.

ALLÉGORIE.

Le mariage est l'état le plus doux de la vie.

L'AUTEUR.

. . . . L'hymen a ses plaisirs.
Quelle joie en effet, quelle douceur extrême,
De se voir caressé d'une épouse qu'on aime !..

BOILEAU.

On me disait : « Le mariage
« Est un lien couvert de fleurs :
« C'est le refuge après l'orage,
« Le tombeau des jeunes erreurs. »

Et j'affrontai, sans défiance,
Simple et crédule passager,
Les flots de cette mer immense
Dont j'ignorais tout le danger.

13

Bientôt, fondirent sur nos têtes,
En tourbillons impétueux,
Précurseurs d'horribles tempêtes,
D'Éole les sujets fougueux.

Tout allait périr..... Une femme
Soudain à nos yeux apparut,
Et du geste indiqua la rame
Comme seule ancre de salut.

Chacun alors contre la Parque
Luttant d'un mutuel effort,
Notre frêle et docile barque
Parvint à regagner le port.

Celui qui d'un semblable guide
Ne put attendre le secours,
Au sein de l'élément perfide
Se vit engloutir pour toujours.......

Et désormais du vieil adage
Reconnaissant la vérité,
Je proclamai le *mariage*
Une douce nécessité.

XII.

LA RECHERCHE D'UN ANGE.

La femme est Dieu, puisqu'elle est adorée.
LEGOUVÉ.

Dans l'aride sentier de ce pélérinage
    Dont le but commun est la mort;
Que tous, jeunes ou vieux, le fou comme le sage,
    Suivent en déplorant leur sort;

Sur cette vaste mer, avide de tempête,
    Impatiente de tribut,
Où souvent l'on n'a pas, pour préserver sa tête,
    La moindre chance de salut;

Qu'il est doux de trouver, au jour de la détresse,
    D'amis la secourable main
Venant lutter d'efforts contre notre faiblesse,
    Et nous abréger le chemin!

Sur eux le voyageur, dans sa reconnaissance,
      Attache un humide regard;
Son courage renaît; et, plein de confiance,
      Il ne marche plus au hasard.

Mais trop heureux cent fois si l'aimable figure
      D'une femme a frappé ses yeux;
Ses vœux sont accomplis; et, roi de la nature,
      Il semble planer dans les cieux. (1)

Présente, son active et secrète influence
      Éveille en lui mille désirs;
Absente, elle embellit encor son existence
      Par le charme des souvenirs.

Au matin de nos ans, son appui tutélaire
      Fait sous nos pas naître des fleurs;
Elle est aussi pour nous une indulgente mère
      Qui sèche, en souriant, nos pleurs.

(1) *Sublimi feriam sidera vertice.*
      HORACE.

Au berceau de son fils qu'elle est touchante et belle ,
Comme elle écoute son sommeil !
Comme elle vient guetter, active sentinelle ,
Les premiers mots de son réveil !

Amante , si plus tard son cœur vers nous s'élance ,
Brûlant de jeunesse et d'amour ,
Qui résista jamais à sa toute-puissance ?....
C'est l'ange du divin séjour.

Vers les plaines de Mars , au temple de Mémoire ,
Un noble orgueil nous poussera ;
Pour cueillir ces lauriers , sa joie et notre gloire ,
Un geste d'elle suffira.

Voyez-la , si le sort nous rit et nous caresse ,
Calme dans la prospérité ;
Puis , si notre horizon se voile de tristesse ,
Partager notre adversité.

Du ciel qu'à la souffrance une voix sainte et pure
Ouvre l'abri consolateur ;
C'est par la femme encor , pieuse créature ,
Que vient le don du Créateur.

Son zèle ingénieux guide , exalte ou console :
  Faisant chérir jusqu'à ses fers ;
Vierge , sœur , mère , épouse, et toujours notre idole ,
  Elle nous tient lieu d'univers.

L'Éternel a créé la femme à son image
  Pour guider nos pas incertains ;
Aimons donc , entourons d'un tendre et pur hommage
  L'ange commis à nos destins.

ENVOI.

A MADAME ***.

Cet *ange* d'une femme emprunta les attraits ,
Le séduisant regard et la grâce ingénue :
L'esprit modeste , fin , l'indulgence.... A ces traits ,
Ne vous serez-vous pas bien vite reconnue?

XIII.

UNE CHIMÈRE,

ou

CE QUE CHACUN POURSUIT SANS CESSE, ET NE PEUT ATTEINDRE JAMAIS.

ALLÉGORIE.

Il n'est pas retiré dans le fond d'un bocage,
  Il est encor moins chez les rois,
  Il n'est pas même chez le sage ;
De celte courte vie il n'est point le partage.
Il faut y renoncer ; mais on peut quelquefois
  Embrasser au moins son image.

VOLTAIRE.

Qui n'a vu quelquefois en songe
Un gracieux adolescent,
Naïf, ennemi du mensonge,
A l'œil limpide et caressant?

Son abord prévenant attire,
Et par mille charmes séduit :
Sa bouche exprime le sourire ;
Mais , quand on l'approche, il s'enfuit.

Il nous enivre et nous transporte.
Pour mieux exciter nos désirs,
Il emprunte souvent l'escorte
Et de l'amour et des plaisirs.

S'il vient à tromper , de ses crimes
Sans peine il obtient le pardon ;
Ses plus déplorables victimes
Craignent même son abandon.

Il est de la joyeuse enfance
L'ami turbulent ou discret ;
Il captive sa confiance
Au moyen d'un simple jouet.

Il s'offre aux yeux de la jeunesse
Sous les dehors de la beauté ,
Et prolonge sa folle ivresse
Par l'attrait de la volupté.

La jeune fille dont la joie
S'enveloppe d'illusions,
Ne tarde point d'être la proie
De cruelles déceptions.

Pourtant, s'il fait couler les larmes
De l'imprudente, au cœur léger,
Soudain, il endort ses alarmes
Avec un rameau d'oranger.

Il est, pour l'écolier novice,
Solon, Aristide, ou Brutus;
Il se présente à l'avarice
Sous le masque d'or de Plutus.

Il montre encore de la gloire
L'appât séduisant au guerrier,
Qui ne trouve, après la victoire,
Que quelques feuilles de laurier!....

Il tourne la plus sage tête,
Il flatte avec habileté :
Du poète il fait la conquête
Au seul cri d'immortalité.

Plus tard , lorsqu'apparaît l'automne,
Sa vigilante attention
Nous observe et nous environne
Du prisme de l'ambition.

Rien ne résiste à l'influence
De sa voix et de son regard ;
Et, sous les traits de l'espérance,
Il fait tressaillir le vieillard.

Il est le roi de la nature ,
Tous les humains sont ses sujets ;
Chacun obéit sans murmure
A ses plus rigoureux décrets.

Dans cette peinture légère
D'un jeune et brillant séducteur,
Qui n'a reconnu la chimère
Que l'on appelle le *bonheur ?*

IDYLLES.

. . . Aimable en son air, mais humble dans son style,
Doit éclater sans pompe une élégante *Idylle* ;
Son tour simple et naïf n'a rien de fastueux,
Et n'aime point l'orgueil d'un vers présomptueux.
Il faut que sa douceur flatte, chatouille, éveille,
Et jamais de grands mots n'épouvante l'oreille.

BOILEAU (*Art poétique.*)

IDYLLES.

—

I.

IL FAUT AIMER.

Quoi! si jolie
Et n'user pas
De tant d'appas
Quelle folie !
Allons Glycère,
Plus de chimère :
Laisse à l'amour
Avoir son tour.

La plus rebelle
Cède à sa loi :
La plus cruelle
Livre sa foi.
Crois-moi, bergère,
Ah ! trop souvent
C'est la plus fière
Qu'Amour surprend.

« Non , dit Annette ,
« Point n'aimerai .
« Douce fleurette
« N'écouterai. »
De l'anathème
Tout bas je ris....
Et... le jour même,
Son cœur fut pris.

Dans la jeunesse
Tout nous séduit ;
Mais son ivresse
Bientôt s'enfuit.
Quand vient l'automne
Inattendu ;
Chacun s'étonne
Du temps perdu.

Quoi ! tu négliges
De la beauté
Les doux prestiges :
C'est cruauté.
Dans la retraite
Les enfouir,
O bergerette,
Est-ce en jouir ?

Colin te presse :
Il est constant.
D'aimer sans cesse
Il fait serment.
Allons, Glycère,
Sois moins sévère :
Laisse à l'amour
Avoir son tour.

II.

UN CŒUR DANS L'EMBARRAS.

LE VOYAGEUR.

— Quoi ! sans aimer passer ta vie ?
Aimable enfant, y songes-tu ?

LA BERGÈRE.

— Les uns trouvent que c'est folie :
D'autres pensent que c'est vertu.

Un bon vieillard, nommé Clitandre,
Dit, en me voyant l'autre jour :
« Garde ce cœur novice et tendre
« Contre les pièges de l'amour.

Lycas présent se mit à rire ;
Et de ce ton qui sait charmer :
« Bergère , avec tant doux sourire ,
« Comment te défendre d'aimer ? »

Quel parti me faut-il donc prendre?....
Pour sortir d'un tel embarras ,
Dans vingt ans je croirai Clitandre :
Aujourd'hui je suis pour Lycas.

MÉLANGES.

Le désordre *n'est point ici* l'effet de l'art.

IMITATION.

MÉLANGES.

—

II.

A UNE PLUME.

Frêle et docile traducteur
Des secrets d'une tendre amie,
Ne montre à son ame ravie
Que des images de bonheur.
Puisse une agréable pensée
Doucement émouvoir ses sens
Lorsque sous ses doigts caressants
Frémira ta tige élancée !

Et si d'un nuage ennemi
Son joli front offrait l'injure :
Évoque, par un doux murmure,
Le nom de son plus tendre ami.

II.

A BEETHOWEN.

Toi dont le luth suave et tendre
Module de si doux concerts,
Dont le nom remplit l'univers
Et qu'on fut long-temps à comprendre ;
Toi qui sus toujours me charmer,
Daigne accueillir ce faible hommage :
Qui pourrait de ne pas t'aimer
Avoir le barbare courage ?
Le noble et poétique élan
De tes fugues capricieuses,
Rappelle les pages rêveuses
De Byron ou d'Ossian.
Si d'une sonate plaintive
S'offre, à mon oreille attentive ,
Le langoureux adagio ,

Mon cœur, charmé par ta magie,
Se représente l'élégie
Soupirant auprès d'un tombeau.
Lorsqu'interrogeant le piano
Une main savante et hardie
Fait résonner la mélodie
De tes grands oratorio;
Du puissant dieu de l'harmonie
Je crois entendre les accents,
Et la flamme de ton génie
Vient soudain embraser mes sens.
Cependant sur toi, trop sévère,
Le sort épuisa sa rigueur.
Eh quoi! craignait-il pour ton cœur
L'éclat d'une illustre carrière?
Gluck même ne pressentit pas
Ton immortelle destinée,
Et ta gloire long-temps, hélas!
Fut au silence condamnée.
Peut-être à tes nombreux combats
Sont redevables les merveilles
Qui viennent charmer nos oreilles,
Et nous séduire à chaque pas........
Justice enfin te fut rendue :
Car on vit l'Allemagne en deuil
Courir désolée, éperdue,
S'agenouiller sur ton cercueil.

III.

L'AMANT PARFAIT.

A l'amante l'amant parfait
Avec bonheur tout sacrifie;
Pour elle il donnerait sa vie,
Et son ame s'il le pouvait.

IV.

LE QUATUOR MAGIQUE.

Je sens qu'il faut céder au charme irrésistible
Des syrènes qu'Amour en ce lieu rassembla;
Et l'homme le plus froid et le plus impassible
Doit s'attendre à tomber de Carybde en Scylla.

V.

L'AMANTE DU GENRE HUMAIN.

Bien long-temps je fus en extase
Devant vos attraits ; mais un cœur
Que tout le genre humain embrase
Ne saurait être mon vainqueur.

VI.

VIVENT LES PAIENS !

O le bon temps que celui des païens !
   Loin de tout censeur incommode,
   Riches et pauvres citoyens
Prenaient l'amour et le plaisir pour code.
   L'indulgente et belle Cypris
   Allait guérir, en bonne mère,
   Les maux que son vaurien de fils
   Aux tendres cœurs venait de faire.

VII.

LA GRACE.

Eh quoi! sur vos charmes à peine
Ont apparu vingt-huit printemps
Que déjà des sombres autans
Vous redoutez la froide haleine !
Lorsqu'à vos genoux des Amours
On voit la cohorte sourire,
Avec raison pouvez-vous dire
Qu'il n'est plus pour vous de beaux jours?
Le Temps, hélas ! qui tout moissonne
Et renverse nos vains projets,
De votre brillante couronne
Peut détacher quelques bleuets ;
Mais sa main que guide un saint zèle
Pour le soin de votre bonheur,
Vient mettre une grace nouvelle
A la place de chaque fleur.
Croyez un ami : ce partage
A votre cœur doit convenir ;
C'est le doux, l'infallible gage
Du repos de votre avenir ;

Car de la beauté passagère
S'évanouissent les attraits ;
Mais, plus constante et moins légère,
La grace ne vieillit jamais.

VIII.

LE DON ÉCONOMIQUE ET DÉLICAT.

DIALOGUE ENTRE DEUX BONNES AMIES.

— Pour célébrer l'anniversaire
De la fête de mon époux,
Ida, que me conseillez-vous
D'acheter qui puisse lui plaire?
Je ne voudrais rien de coûteux,
De vieux, de laid, ni de vulgaire......
— Eh! faites-lui présent, ma chère,
D'une boucle de vos cheveux.

IX.

MANIÈRE D'OBTENIR UNE INVITATION.

Toi qu'avec ivresse on contemple,
Charmante fille de Cypris,
Laisse-moi venir dans ton temple
T'adorer tous les mercredis.

X.

SUR LA DÉCOUVERTE DE LA MACHINE A VAPEUR.

Sublime invention dont les nombreux ressorts
Semblent vouloir de Dieu défier la puissance ;
Tu montres ce qu'est l'homme, et quels riches trésors
Il trouve en son génie et son intelligence !

XI.

LE PARADIS DE L'AMBIGU.

En voyant leurs mines étranges ,
     Soudain , je me dis :
« Ces habitants du Paradis
     « Ne sont pas des anges ! »

XII.

LE TARDIF AVEU.

Depuis dix ans pour vos attraits
Mon cœur incessamment soupire ,
Et pourtant il n'osa jamais
Vous confier son long martyre.

Aujourd'hui que votre bonté
Par un doux regard me rassure,
Souffrez que mon amour abjure
Son excès de timidité.
Ce fatal secret de ma vie
Naguère appartenait à Dieu.
Venir vous en faire l'aveu
Ne semblera-t-il pas folie?
Lorsqu'un essaim d'adorateurs
A vos pieds et s'empresse et vole,
Sied-il d'ajouter quelques fleurs
A votre brillante auréole?
Mais ces trop volages amants,
Si prodigues d'ardeur extrème,
Vous disent-ils, dans leurs serments,
Qu'ils vous adorent pour vous-même ?
Le prestige de la beauté,
Ce vif éclat qui l'environne,
Font des éloges qu'on vous donne
Soupçonner la sincérité.
Celui qu'un pur amour inspire
Est timide, silencieux;
Mais l'on voit écrit dans ses yeux
Ce que sa bouche n'ose dire.
O vous, si riche des trésors
Qu'épuisa pour vous la nature,
Daignez d'un gracieux murmure
Accueillir ces naissants efforts;

Et que si de mes traits l'image
Restait gravée en votre cœur,
D'un doux retour cette faveur
Serait pour moi l'heureux présage.

XIII.

ENVOI D'UNE BROCHURE DE L'AUTEUR.

Si, d'aventure, cette prose
Parvenait à vous endormir,
L'auteur devrait se réjouir
D'être au moins bon à quelque chose.

XIV.

LA SUSCEPTIBILITÉ INUTILE.

Quoi! des amants la langue enchanteresse
Aurait lieu de vous effrayer,
Lorsque, bravant votre austère sagesse,
Je puis en vers *te* tutoyer!

XV.

A MADEMOISELLE ***,

POUR QUI L'ON RÉCLAMAIT UN QUATRAIN DE L'AUTEUR.

Chacun ici tout haut regrette
Mon silence sur vos attraits;
Mais, entre nous, vit-on jamais
Louer la rose ou la fauvette?

XVI.

L'A PROPOS.

CONSEIL DONNÉ SUR UN CADEAU A FAIRE

A UN MARCHAND DE VIN.

Plaire au *goût* doit être la fin
De chaque donateur aimable;
Le présent le plus agréable
Pour lui doit être un pot de vin.

XVII.

AMOUR ET CONSTANCE.

Tristes et fragiles débris
D'une beauté trop redoutable,
Mon cœur, long-temps invulnérable,
De vous fut autrefois épris.
Alors, à votre ame ravie,
Brillaient la pompe et les grandeurs :
A vos illusions la vie
N'offrait qu'un long sentier de fleurs !
Vous adorer était peu sage;
Et j'aurais dû vous oublier :
Car vous dédaignâtes l'hommage
D'un obscur et pauvre écolier.
Mais la fortune qui déjoue
Les plans des belles et des rois,
Eut bientôt, d'un tour de sa roue,
Réduit vos attraits aux abois.
Aujourd'hui que l'ardente foule
De vos anciens adorateurs,
Jaloux de plus jeunes faveurs,
Loin de vous tourbillonne et roule :

Je rentre sous vos douces lois.
A votre triste indifférence,
Avec ma flamme d'autrefois,
Je viens opposer ma constance.
Si, dans votre cœur sans pitié,
L'amour se montre encor de glace,
Qu'au moins la tranquille amitié
M'y garde la première place.

XVIII.

REFUS MOTIVÉ DE CHANTER.

Quoi! vous voulez, jeune Thémire,
Qu'aux doux et suaves accens
De votre harmonieuse lyre
Je mêle de timides chants!
Si, par vos charmantes amorces,
On se laisse aisément tenter,
Que j'ai dû, pour vous résister,
Long-temps interroger mes forces!
Car en vain l'on voudrait lutter
Contre cette grace adorable,
Contre ce ravissant souris,
Qui feraient se donner au diable
Tous les anges du paradis.

17

Lorsque Philomèle au bocage
Prélude à son concert d'amour,
Les hôtes de ce frais séjour
Suspendent leur bruyant ramage.
Ce fait doit devenir pour tous
Un enseignement salutaire.
Quiconque entend vos sons si doux,
Doit se résigner et se taire.
Il faut se résigner encor
Lorsque le dieu de l'harmonie
Nous défend de prendre l'essor
Vers les lieux hantés du génie.
Souffrez donc qu'écoutant la voix
D'une prévoyante nature,
Je vienne obéir sans murmure
A ses irrésistibles lois ;
Heureux, vous que chacun admire,
Qui nous savez tous enivrer,
De pouvoir, charmante Thémire,
En silence vous adorer !

XIX.

LES CONTRASTES.

I.

UNE VIERGE.

. . . . . . Un abrégé des merveilles des cieux.

MOLIÈRE.

Est-il rien qui mérite un plus sincère hommage,
    Autant de respect et d'amour,
Qu'une vierge innocente au printemps de son âge :
    Matin charmant du plus beau jour !

Voyez ce front serein que la Pudeur caresse ,
    Ce doux, cet aimable souris ;
Ces trésors palpitants d'amour et de jeunesse ,
    Séjour des Graces et des Ris.

Comme pour les enfants éclate de son zèle
  L'ingénieuse charité !
Il semble que déjà dans son cœur se révèle
  L'instinct de la maternité.

Entendez-vous ces chants? Une voix molle et tendre
  Prélude à des accords divins.
On écoute, on s'émeut : chacun croirait entendre
  L'hymne sacré des Séraphins.

Car la voix d'une femme est seule une puissance
  Enivrante d'émotion ;
Qui résista jamais à sa vive influence?
  C'est l'ame toute en action.......

Pour cet ange la vie est heureuse et légère :
  Il plane aux célestes hauteurs ;
Et si ses pieds parfois daignent toucher la terre,
  Ils ne rencontrent que des fleurs.

Mais, hélas! jeune fille, ô toi que l'on admire,
  Toi, si riche d'illusions ;
Tu deviendras bientôt l'infaillible martyre
  De cruelles déceptions.

Contre cette nature et si chaste et si belle
  Le monde entier conspirera;
Vienne son souffle impur s'appesantir sur elle,
  L'ange aussitôt s'envolera !...

II.

UNE LIONNE. (1)

Quæ est homo? — Est-ce une femme?
TÉRENCE.   (*Traduct. libre*).

Quel est ce phénomène? Est il mâle ou femelle?.....
        (*Traduction très libre*).

En morale, en philosophie,
Ne croire qu'au père Enfantin;
Parler hébreu, grec ou latin,
Arts, sciences, géologie;

(1) L'auteur, en écrivant ce titre, s'aperçoit qu'il court le risque
d'essuyer plus d'une remontrance. Vienne en effet un de ces Aris-
tarques impitoyables, armé de griffes et de dents, race très commune

Prendre du chevalier Bayard
Une moitié de la devise ;
Briller à l'escrime, au billard,
Chasser, fumer, narguer l'Église ;
Aimer le jeu de passion,
Aux clubs élire domicile ;
Plaider en séparation,
Se montrer amazone habile ;
A ses goûts ne vouloir jamais
Le sens commun pour équilibre ;
Quel est celui qui, dans ces traits,
N'a reconnu la femme libre ?

ici-bas, il ne manquera point de faire observer qu'aucun *contraste*
n'existe entre les titres des deux morceaux ; qu'une *vierge* ne saurait
être opposée à une *lionne,* attendu que celle-ci n'est pas de la même *fa-*
mille......; que, par conséquent, l'antithèse est inexacte, qu'il y a confusion dans les genres, etc. , etc. Il est bien évident que si le critique
prend ainsi les choses au pied....... de la lettre, il pourra avoir raison.
Que si, toutefois, il est de nature à se laisser humaniser, l'auteur le
suppliera de vouloir bien se désister quelques instants de son ri-
gorisme, pour adopter l'innocente fiction à l'aide de laquelle le monde
se plaît à caractériser ainsi une *variété* très intéressante de l'espèce humaine.

XX.

A ÉLIE DE BEAUMONT,

SUR SA THÉORIE DES SOULÈVEMENTS DU GLOBE.

A voir cette tête profonde
Et ce grave recueillement,
Qui croirait que contre le monde
Il médite un soulèvement ?

XXI.

SUR M. GUIZOT,

A L'ÉPOQUE DE SA TOUTE-PUISSANCE.

En toi, Guizot, à bon droit tu concentres
L'art du rhéteur, du profond érudit ;
Mais ton plus grand talent, sans contredit,
Est de savoir endoctriner les centres.

MÊME SUJET.

Bien qu'avec art Guizot aiguise
L'épigramme de traits mordants,
Nul pourtant ne sut, à sa guise,
Capter mieux les centres béants.

XXII.

CONSOLATIONS A UN ADOLESCENT,

MÉCHAMMENT TROMPÉ PAR DEUX FEMMES.

Insensé qui croyais, dans ta candeur austère,
  Ne jamais voir leur tendresse finir !
Mais leurs serments d'amour sont comme la poussière
  Qui disparaît au souffle du zéphyr.

XXIII.

NAPOLÉON,

ou

LE NÉANT DES CHOSES HUMAINES.

Celui qui posséda presque toute la terre,
    Et des rois abaissa l'orgueil,
Ne put trouver en France, à son heure dernière,
    Une place pour son cercueil.

XXIV.

LA VRAIE SAGESSE.

Les rigueurs de l'adversité
Ne sauraient ébranler le sage; (1)
Car du même œil il envisage
La richesse et la pauvreté.

(1) *Justum.....*
    Nil...
    Mente quatit solidâ.

HORACE.

18

XXV.

LE JOUR DE L'AN.

A quoi bon former des souhaits
Pour vous qui n'en avez que faire ;
Vous, dont les ravissants attraits
Savent si bien séduire et plaire ;
Vous, dont chacun bénit les lois,
Et que tant de grace environne,
Qu'on verrait aisément vingt rois
Mettre à vos genoux leur couronne ?
Mais de votre ame la candeur,
Qui s'ignore et qu'en vous l'on aime,
Craint les dangers de la grandeur
Et les pompes du diadème.
Cette heureuse simplicité,
A qui sans cesse on rend les armes,
Qui vient embellir la bonté,
Pour votre cœur a plus de charmes.
Dans leur zèle présomptueux
Vingt céladons au fin corsage
Vous viendront, d'un air ennuyeux,
Larmoyer de leurs tristes feux
Le sot et fatigant hommage.

Mais si ce jour voit sans pitié
Des faux semblants la triste escorte,
Souffrez, du moins, qu'il vous apporte
Les vœux d'une franche amitié.

XXVI.

LA RECONNAISSANCE,

ou

PETIT POISSON DEVENU GRAND.

A cet âge oublieux où notre cœur sommeille,
Vous m'avez bien souvent tenu sur vos genoux ;
Souffrez qu'en souvenir de ces moments si doux
Aujourd'hui je vous rende une fois la pareille.

XXVII.

LA PRÉDICTION ACCOMPLIE.

A M. ***, DÉPUTÉ DEVENU MINISTRE.

Courageux tuteur de la loi,
Poursuis ta brillante carrière,
Et bientôt tu verras le Roi
Marquer ta place au ministère.

XXVIII.

SUR L'OPINION,

PRÉTENDUE REINE DU MONDE.

Toi que chacun déifie,
Dont chacun craint les arrêts,
De tes perfides attraits
Trop heureux qui se défie !
L'imprudent que sous tes lois
Un fatal penchant entraîne,
N'est-il pas, bizarre reine,
Bientôt réduit aux abois ?

XXIX.

L'INEXORABLE.

On dit, charmante Églé, votre cœur inflexible :
On accuse vos yeux d'innombrables méfaits ;
Craignez de rencontrer un amant insensible
Qui vous rende à la fois tous les maux qu'ils ont faits.

XXX.

BARÊME ET POLYMNIE.

A Melle ***, A QUI SON PÈRE FAISAIT APPRENDRE LES
MATHÉMATIQUES POUR L'EMPÊCHER D'ÉCRIRE.

Barême, malgré son génie,
Est un mortel fort ennuyeux :
Et votre père ferait mieux
De vous laisser à Polymnie.

XXXI.

LA LUTTE INUTILE.

Contre cet aimable vaurien,
Prétendre lutter est folie ;
Prudence et raison ne sont rien
Dès qu'Amour est de la partie.

VARIANTE.

Quand la flamme de deux beaux yeux
S'en vient tout à coup nous surprendre,
Qu'Amour approuve leurs aveux,
Que sert au cœur de se défendre ?

XXXII.

LES PROJETS ET LA MORT.

L'homme, en son humeur inquiète,
Toujours de l'avenir veut percer les secrets ;
Mais la mort est là qui le guette,
Et d'un coup de sa faux renverse ses projets.

XXXIII.

LE DÉSESPOIR.

Celui que le malheur accable,
Et dont le sort toujours paraît s'être moqué,
Après avoir en vain tous les saints invoqué,
Finit par se donner au diable.

XXXIV.

LA COQUETTE.

Qui sait mieux le pouvoir, pour fixer sa conquête,
D'un regard pudibond, d'un gracieux tissu,
Qui captive nos yeux, et soudain les arrête
Sur ce qu'ils n'avaient pas jusqu'alors aperçu ?

XXXV.

LE DÉMOCRATE INOFFENSIF.

O mes amis, soyez sans crainte
Sur les suites de sa fureur :
Ces poignards, dont on vous fait peur,
Heureusement n'ont pas de pointe.

XXXVI.

L'AMOUR DE L'INDÉPENDANCE.

A M. ***.

. . . . *Trahit sua quemque voluptas.*

VIRGILE.

Chacun a son goût, sa folie.

Eh quoi! ton amitié s'étonne
Qu'au lieu d'occuper ses loisirs,
Mon ame sans frein s'abandonne
A l'ivresse des faux plaisirs;
Que ma lyre s'est énervée
Par de vains et tristes accords,
Tandis qu'aux plus nobles transports
Elle paraissait réservée.
Quand une douce obscurité
A notre cœur offre ses charmes,
Sied-il d'affronter les alarmes
Qu'entraine la célébrité?
Voit-on la médiocrité
Faire couler beaucoup de larmes?

Le pin, géant de l'univers,
N'a vu que trop souvent la foudre
Éclater, et réduire en poudre
Son front élancé dans les airs. (1)
L'aigle seul, avec confiance, (2)
Hante des cieux les régions,
Fixe du soleil l'orbe immense,
Sans rien craindre de ses rayons.
Aujourd'hui, si, cherchant à plaire,
On voit ma Muse, un peu légère,
Folâtrer avec les Amours ;
Pour le déclin de mes beaux jours
Je garde un rhythme plus sévère.
Ici-bas n'est-on point toujours
Heureux aussitôt qu'on croit l'être ?
Ami, laisse-moi donc, en maître,
De mes desirs suivre le cours.

(1)
.... *Feriunt summos*
Fulmina montes.

HORACE.

(2) *Alituum regina vagas spatiata per auras,*
.... *lumina solis*
Suscipit, obtutuque oculos fixa hæret acuto.

VIDA.

XXXVII.

RECOURS EN INDULGENCE

D'UN DES AMIS DE L'AUTEUR,

EN FAVEUR D'UN QUATRIÈME ENNEMI.

REQUÊTE A UNE COUR ROYALE.

Juges, à qui le sort des mortels est commis,
Ah ! plus que Dieu ne soyez pas sévères ;
Son inflexible doigt de mes quatre ennemis
A tué deux et mis l'autre aux galères.

XXXVIII.

LE DÉSENCHANTEMENT.

Loin de moi, doux rêves de gloire !
Amour, plaisir, sont le bonheur :
L'amour est le roman du cœur,
Et le plaisir en est l'histoire.

XXXIX.

LE DÉGUISEMENT.

A MADAME ***, VÊTUE EN PÉLERINE.

Jeune et charmante pélerine,
Au doux sourire, à l'œil mutin,
D'où viens-tu? de la Palestine,
D'Espagne, ou du pays latin?
Peut-être, sur notre misère,
Dans ce vaste océan de pleurs,
Du ciel pieuse messagère,
Cours-tu répandre quelques fleurs?
Chacun de ta grace féconde
Admire le puissant secret,
Et se dit, tout bas, qu'il voudrait
Te suivre jusqu'au bout du monde.

XL.

LA DEVISE DU DÉPUTÉ.

Travail, obligeance, franchise,
Indépendance, probité,
Telle doit être la devise
Du véritable Député.

XLI.

DIALOGUE

ENTRE UNE FILLE TROP CURIEUSE ET UN PÈRE QUI NE
L'EST PAS ASSEZ.

FRAGMENT.

LA JEUNE FILLE.

. . . .
La mer a pour mon cœur d'invincibles attraits.

LE PÈRE.

Quoi ! la mer peut former le but de tes souhaits!
De vulgaires beautés ton esprit idolâtre
S'émeut pour un amas d'eau salée et verdâtre !
De plus graves objets sache occuper tes yeux ;
Montre-toi digne, au moins, de tes nobles aïeux,
Qui puisaient, tout près d'eux, dans la simple nature,
L'amour de l'Éternel et de sa créature.
A voir leurs prés, leurs bois bornant tous leurs désirs,
Source de jouissance et d'innocents plaisirs,

Au sein d'un calme heureux ils coulèrent leur vie.
Aucun de voir la mer témoigna-t-il l'envie?
La mer, plaisant spectacle !

LA JEUNE FILLE.

Hélas! je vois trop bien
Que pour ce beau spectacle il ne veut donner rien.

XLII.

CONSÉQUENCES D'UN MARIAGE PAR DÉPIT.

Lorsqu'un accès de jalousie
D'une femme a livré le cœur,
Souvent on voit toute sa vie
Expier ce moment d'erreur.

XLIII.

SOUVENIR DE VICHY.

Vichy, que j'aime ton ombrage !
Qu'il est doux d'y rêver le soir
Lorsque la Nuit sur ton feuillage
A répandu son crêpe noir ;

Ou que, messagère discrète,
La Lune, au front pâle et changeant,
Sur le sol vaguement reflète
Les feux de son miroir d'argent !

Mais plus heureux quand d'une amie
On y peut rencontrer la main :
On tâche d'oublier la vie
Et les douleurs du lendemain.

Si de son humide paupière
S'échappe un regard languissant ;
Si sur cette bouche si chère
Vient errer un mot caressant ;

Tout nous offre alors mille charmes :
Du sort on brave les rigueurs :
Adieu les soucis, les alarmes !
La vie est un sentier de fleurs.

Heures d'amour si fugitives,
Éclairs de plaisir disparus :
Et vous, croyances si naïves,
Dites, ne reviendrez-vous plus ?

Vous avez fui, douce chimère,
Beaux jours de ce joyeux printemps,
Comme la feuille passagère
Livrée au souffle des autans ;

Comme l'amante de Céphale,
Qui cède à son volage essor,
Et sur la brise matinale
Laisse flotter son voile d'or !

XLIV.

UN MÉTÉORE MORAL.

Oh ! combien le bonheur doit présenter d'attraits,
Puisque vers lui chacun s'élance ;
Et pourtant ce bonheur est comme l'espérance ,
Une ombre qu'on n'atteint jamais !

XLV.

EXCÈS DE DÉVOTION.

Fatale passion, qui nous rends tout de glace
Aux doux accents de la pitié ;
Tu dessèches le cœur, et n'y laisses de place
Pour l'amour ni pour l'amitié.

XLVI.

SAUVE-GARDE DU SEXE MASCULIN.

Jamais aux nombreux artifices
De la grace et de la beauté
Notre raison n'eût résisté,
Sexe charmant, sans vos caprices.

XLVII.

L'AMOUR ET L'HYMEN RÉCONCILIÉS,

ou

LE MARIAGE DE MADEMOISELLE ***.

On dit (c'est même un fait notoire)
Que d'Hymen Amour est jaloux ;
Mais en voyant des traits si doux
Au proverbe on ne veut plus croire.

XLVIII.

LE VAL DE MENAT

(PUY-DE-DÔME.)

Séjour de douce quiétude,
Qu'avec ivresse je revois
Les rochers, les gazons, les bois
De ta profonde solitude.
En vain de secrètes terreurs
On veut se défendre à ta vue ;
Mon ame s'est toujours émue
Devant tes sublimes horreurs.
J'aime tes crêtes décharnées,
J'aime tes pentes *ravinées*,
D'où s'élancent mille ruisseaux ,
Qui vont, d'une course bruyante ,
A la Sioule mugissante
Porter le tribut de leurs eaux.
Lorsque de ce lieu solitaire
Parcourant les tranquilles bords ,
Une curieuse étrangère
Éclate en de nobles transports ;
Le rustre, errant à l'aventure ,

Contemple d'un œil hébété
De cette admirable nature
La ravissante majesté.
Heureux, au matin de sa vie,
Qui sur tes gazons toujours verts
Vient avec sa fidèle amie
Chercher l'oubli de l'univers! ...

XLIX.

REGRETS DE SOPHIE ARNOULD.

Ainsi qu'une ombre trompeuse,
J'ai vu s'enfuir mon printemps,
Et regrette ce bon temps
Où j'étais si malheureuse !

L.

SUR M. ***,

COMPOSITEUR, CANDIDAT A L'INSTITUT.

S'il brigue une place ardemment
Dans ce sénat académique,
C'est pour pouvoir plus aisément
Mettre ses discours en musique.

LI.

ANTIPATHIE ET PRÉDILECTION MOTIVÉES.

DIALOGUE.

— De ces deux écrivains, qui montrent tant d'ardeur,
Dont la Muse à te plaire en efforts se consume,
D'où vient que contre l'un ta colère s'allume,
Et que l'autre sans cesse obtienne ta faveur ?
— C'est que de l'un toujours l'esprit guide la plume,
Et que l'autre, au contraire, écrit avec son cœur.

LII.

PHILOSOPHIE DE L'AUTEUR.

Philosophe épicurien,
Je ris, ne m'étonne de rien,
Quoique notre machine ronde
En crime, en ridicule abonde.
Si je crois, en mauvais chrétien,
Que de mieux faire il n'est moyen,
Et que, d'aventure, je fronde
Les travers de ce pauvre monde ;
En revanche, il me le rend bien.

LIII.

ESSAI D'ÉPITAPHE

POUR LE MONUMENT DE PÉRON.

Hic jacet Pero,
Foci et Galliæ decus.

MÊME SUJET.

Ci-gît François Péron, dont la vaste science
Fut l'orgueil, et la gloire, et l'honneur de la France.

LIV.

LA FONTAINE DE VAUCLUSE.

A LAURE ET PÉTRARQUE.

Sous ces rochers, dans ce lieu solitaire,
Vous jurâtes, dit-on, de vous aimer toujours ;
Mais est-il vrai que vos amours
Étaient des amours à l'eau claire ?

LV.

SUR UNE ROSE.

Cette rose aux brillants appas
Qui dès demain sera flétrie,
A nos yeux n'offre-t-elle pas
La triste image de la vie?

LVI.

LES RÉALITÉS DE LA VIE.

C'était bien la peine de naître! ..
J.-B. ROUSSEAU.

Tristes humains, sur cette terre
Nos plus douces illusions
Ne trouvent que déceptions
Et que désolante chimère!

A peine échappé du berceau ,
Age où l'enfance a tant de charmes ,
Que de noirs soucis, que d'alarmes,
Vont saisir ce frêle arbrisseau !

Un pédant, bouffi de jactance ,
De lui va d'abord s'emparer ,
Puis , de grec , de latin bourrer
Sa trop débile intelligence.

Plus tard , il perdra la raison
Dans les baisers de vingt maîtresses ;
Mais sous le feu de leurs caresses
Il trouvera la trahison.

Un noble espoir de renommée
Aux champs de Mars le poussera ;
Mais bientôt il se convaincra
Que la gloire est de la fumée.

Si vers Plutus avec ardeur
S'élance son ame ravie,
Il ne risquera pas sa vie ;
Mais qu'il tremble pour son honneur !

Heureux , alors , s'il ne s'écrie ,
Fatigué de tant de combats :
« Que l'existence est ici-bas
« Une sotte plaisanterie !... »

LVII.

CONSEILS A LA JEUNESSE.

Consacrez cette vie,
Que le vieillard envie,
Quand tout vous y convie,
A l'amour, au plaisir ;
Car bientôt de l'automne,
Qui jamais ne pardonne ,
La glace monotone
Vous viendra tous saisir.

LVIII.

LA RAPIDE CONQUÈTE.

A M. *** SUR SON MARIAGE.

Celle de qui la grace enchaînait tous les cœurs,
Soudain, en te voyant, t'a proclamé son maître ;
Et si, nouveau César, tu n'as fait que paraître,
Ton triomphe, du moins, n'a pas coûté de pleurs !

LIX.

LE THÉATRE D'AUJOURD'HUI.

Plaignez du siècle le délire :
Car il va partout admirer
Le tragique qui fait tant rire
Et le comique tant pleurer !

LX.

UN PROJET COMBATTU.

A M. *** QUI VOULAIT FABRIQUER UN GRADUS.

Laissez au plagiaire, à l'auteur inconnu
Entasser in-quarto ce fatras poétique ;
Ignorez-vous, d'ailleurs, que l'ordre alphabétique
N'est qu'un désordre convenu ?

LXI.

VIVENT LES FEMMES PALES!

Celle pour qui mon cœur depuis long-temps soupire
Et dont la cruauté cause tout mon malheur,
N'offre pas dans ses traits une ardente rougeur
Ni l'insipide aspect d'un éternel sourire;
Car je préfère à tout cette douce pâleur,
Qui s'envole aux baisers d'un amour en délire.

LXII.

LES FAUSSES SYRÈNES.

A propos d'une pêche non miraculeuse faite sur les côtes de Normandie,
et qui produisit plusieurs poissons d'un horrible aspect, et rapportés,
par erreur sans doute, au genre *syrène*.

En voyant ces monstres hideux,
Donnés partout pour des merveilles,
Au lieu de boucher ses oreilles
Ulysse aurait fermé les yeux.

LXIII.

UN CONSEIL D'AMITIÉ

UNE BONNE AMIE A UNE AUTRE BONNE AMIE ENTACHÉE
DE BEL ESPRIT.

(HISTORIQUE).

> Rien n'est beau que le vrai...... (1)
>
> BOILEAU.

Hier, dans ce cercle si nombreux
Où souvent tout esprit charitable s'efface,
J'entendis plus d'un envieux
Blâmer de votre écrit l'intolérable audace ;
Trouver son style ambitieux,
Digne d'un logogriphe ou d'une dédicace........
De vos talents faites, de grace,
Un emploi naturel et plus judicieux ;
N'oubliez point que les bas-bleus
N'occupent aujourd'hui qu'une fort triste place.

---

(1) Mais il n'est pas toujours *aimable*, quoiqu'en dise Despréaux.
Témoin le mauvais accueil qui fut fait aux conseils sincères et charita-
bles que la première amie donnait à la seconde.

LXIV.

LA FONDRIÈRE.

AVIS AUX VOYAGEURS SUR UN BOURBIER LAISSÉ AU MILIEU
D'UNE ROUTE ROYALE, DANS LE DÉPARTEMENT DU CHER.

Où cours-tu , malheureux, où portes-tu tes pas ?
    Quelle fatalité t'entraîne ?
Crains Carybde, imprudent ; mais sois sûr, en tous cas ,
    De n'y point trouver de syrène.

LXV.

FORTUNE ET NOBLESSE.

A notre ambition si toujours la richesse
    Plus que les titres a d'appas ;
C'est qu'on peut avec l'or acheter la noblesse,
    Et que l'or ne s'achète pas.

LXVI.

UN PORTRAIT SANS PRÉTENTION.

A MADAME ***.

Mère, amie, épouse parfaite,
Aimant toujours à se cacher,
Elle est comme la violette
Que son parfum fait rechercher.

LXVII.

REQUÊTE

PRÉSENTÉE A UNE JEUNE PERSONNE PAR DEUX CYGNES EN MOSAÏQUE.

Nous sommes jeunes et timides,
Étrangers à l'art des flatteurs,
Heureux d'être à vous, et nos cœurs
Sont comme le vôtre candides.
Ah! de grace, recevez-nous
Dans votre charmante volière,
Et notre bonheur le plus doux
Sera de toujours vous complaire.

LXVIII.

LE PRÉDESTINÉ.

A UN VIELLARD MÉCHAMMENT TROMPÉ PAR SA JEUNE
FEMME.

Quoique mon cœur s'unisse à ta douleur profonde,
Cependant ma raison, ami, te donne tort ;
Car tu sais mieux que moi que toujours en ce monde
Absens et vieil époux subissent même sort.

LXIX.

APPEL EN RÉCONCILIATION.

Toi, dont je partageai les plaisirs et les peines,
Ami, bouderas-tu toujours ;
Lorsqu'il n'existe point d'éternelles amours
Serait-il d'éternelles haines ?

IMPROMPTU.

L'*Impromptu* est une petite pièce de poésie , assez semblable au madrigal ou à l'épigramme, mais
dont le caractère propre et distinct est d'être fait
sans préparation sur un sujet qui se présente. Ces
sortes de pièces doivent être le fruit d'un heureux
moment, et avoir toujours un air simple, aisé, naturel....

Le comte Hamilton en a prescrit les règles dans
les vers suivants, où il appelle l'Impromptu :

> Un certain petit volontaire ,
> Enfant de la table et du vin ,
> Difficile et peu nécessaire ,
> Vif, entreprenant , téméraire ,
> Étourdi , négligé , badin ;
> Jamais rêveur ni solitaire ,
> Quelquefois délicat et fin ;
> Mais tenant toujours de son père.

CHARPENTIER (*Dictionnaire de la
Langue poétique.*)

IMPROMPTU.

—

0̸₂

A M. ***,

SUR UN DISCOURS REMARQUABLE PRONONCÉ PAR LUI
A LA CHAMBRE EN 1839.

Vaillant défenseur de la loi,
Accomplis ton noble message :
La patrie a les yeux sur toi,
Et te sait gré de ton courage.

22

II.

SUR UNE VISITE AU DÉSERT.

Comment dans ce séjour fêter votre venue ,
Vous que l'on adore en tous lieux ,
Quand nous n'avons, hélas ! à montrer à vos yeux
Qu'une nature toute nue ?

III.

RÉPONSE A UN REPROCHE FAIT A L'AUTEUR

DE N'AVOIR PAS APPLAUDI UNE SONATE.

De tous ces sons le merveilleux concours
Peut causer un plaisir extrême ;
Mais la plus douce harmonie est toujours
La voix de la femme qu'on aime.

IV.

A L'OCCASION DE MAUVAIS VERS.

En vain à vous louer ma Minerve s'escrime ;
Mais toujours mes vers , entre nous ,
Péchent par la raison autant que par la rime
Aussitôt que je pense à vous.

V.

LA FOLIE JUSTIFIÉE.

On me dit *fou ?* — D'un tel malheur
La cause, hélas ! vous est trop bien connue.
Quiconque une fois vous a vue,
Est sûr de perdre et la tête et son cœur.

VI.

DÉCLARATION SUBITE.

Ce noble et bel objet qui tous les cœurs attire
De qui l'ame est si pure et le regard si doux :
Que j'adore en secret sans oser le lui dire,
Cette femme, cet ange ou ce démon.......... c'est vous !

MÊME SUJET.

Vous aimer avec délire
Est sottise, en vérité,
Puisque ma timidité
Se refuse à vous le dire.

VII.

L'INTROUVABLE.

A M. ***, DÉPUTÉ.

Vous rencontrer est impossible :
J'en dois perdre le doux espoir ;
Mais quand on est si bon à voir
Pourquoi donc rester invisible ?

VIII.

L'ATTENTE.

AU MÊME, DEVENU MINISTRE.

Pour le revoir qui l'a connu
Veut toujours forcer la consigne ;
Mais il faut bien qu'on se résigne
Lorsqu'on est le dernier venu.

I X.

LA JEUNE GÉOLOGUE.

A MADEMOISELLE ***.

A voir, dans un âge si tendre,
Tant de grace, tant de raison ,
Combien ne doit-on pas attendre
De bonheur d'une autre saison ?

X.

UN PORTRAIT.

A MADAME *** QUI VOULAIT DES VERS DE L'AUTEUR.

Esprit, talents, grace, beauté,
La nature mit tout en elle,
Puis soudain brisa son modèle
Pour qu'il ne pût être imité.

XI.

SUR LES PETITS PIEDS ET LA JOLIE TÊTE

DE LA MÊME PERSONNE.

Des cœurs elle fait la conquête ,
Et chacun dit en la voyant :
« Depuis les pieds jusqu'à la tête
« En elle tout est ravissant. »

XII.

SUR UNE VENTE AU PROFIT DES PAUVRES ,

A PARIS.

En faveur de la Pauvreté
Ici l'Humanité réclame ,
Et nous montre la Charité
Sous les traits charmants d'une femme.

XIII.

SUR LES YEUX DE MADAME ***.

Je ne sais quel mortel heureux
Pourrait dans votre cœur soulever des tempêtes ;
Mais qu'on voit aisément écrite dans vos yeux
La perte de vingt bonnes têtes !

XIV.

SUR LE PORTRAIT DE MADEMOISELLE ***.

Ces traits si fins, si délicats,
Où tant de pudeur se révèle,
Cachent une ame encor plus belle
Que le vulgaire ne voit pas.

X V.

SUR CETTE QUESTION :

« POURQUOI LES FEMMES N'ONT-ELLES PAS LES QUALITÉS
DES HOMMES ? »

Si le ciel ne vous a pas faites
Pour joindre à tous vos dons le peu qui brille en nous ,
C'est qu'il craignait de nous rendre jaloux
En vous montrant aussi parfaites.

XVI.

SUR CE QU'ON GRONDAIT L'AUTEUR

DE NE PAS LE VOIR ASSEZ.

Un reproche si gracieux
Me ravit et me désespère :
Car , quand vous me connaîtrez mieux ,
Vous me direz tout le contraire.

XVII.

L'INFLUENCE DE LA BEAUTÉ.

Devant ce minois si lutin
Pâris eût fait tomber la pomme :
Les sages de l'antique Rome
Auraient tous perdu leur latin.

ÉPIGRAMMES.

L'épigramme . . . .
N'est souvent qu'un bon mot de deux rimes orné.

BOILEAU (*Art poétique*).

L'épigramme est un jeu d'escrime ;
L'adresse à la force s'y joint.
Qui sait mal déguiser sa rime,
De la cuirasse offre le joint.
On évite aisément l'atteinte
D'un coup pesant et porté droit ;
Mais comment esquiver la feinte
Que vous glisse un tireur adroit ?

LEBRUN.

ÉPIGRAMMES.

LES QUATRE BOSSUS A L'OPÉRA.

SUR QUATRE DE CES MESSIEURS

DESCENDANT LE GRAND ESCALIER LE JOUR DE LA REPRÉSENTATION
DE LA CARAVANE.

Certains esprits mal faits prétendent
Qu'on va donner cet opéra :
Et leur raison est que voilà
Quatre des chameaux qui descendent.

UN DÉBITEUR ET SES CRÉANCIERS.

DIALOGUE.

LE DÉBITEUR.

Malgré votre fureur et vos sottes esclandres
J'ai triomphé de trente arrêts,
Et comme le Phénix, je renais de mes cendres !

LES CRÉANCIERS.

Oui : des cendres de nos protèts.

LA PIERRE PHILOSOPHALE,

OU

LA CHASSE AUX CŒURS.

Où courez-vous ? — Je cherche, hélas !
Cœur fidèle ?..... — Oh ! ne courez pas.

L'OLIVIER.

NÉCESSITÉ D'EN ENCOURAGER LA CULTURE.

Si l'olivier (et la Grèce en fait foi),
Est de la paix le symbole et le gage :
Cet arbre précieux doit être, selon moi,
En grand honneur dans tout ménage.

L'INFIDÈLE AMANT.

LE PERFIDE.

Abjurons, croyez-moi, des sentiments trop tendres;
Plus d'amour : élevons un temple à..... l'Amitié.

LA VICTIME.

Ingrat! vous êtes sans pitié;
Eh ! bâtit-on avec des cendres?......

PROFANATION,

ou

CAS PENDABLE.

Contre un Ingénieur dont les défectueux nivellements avaient causé
l'inondation des caves de l'ambassadeur d'Angleterre.

Il a fait ce que mille en vain
Jamais jusqu'alors n'ont pu faire ;
Il a mis de l'eau dans le vin
De l'ambassadeur d'Angleterre.

UN RAPT ADMINISTRATIF.

A certain procureur du roi
Un jour certain préfet dérobe......
— « Son Code ? — Non. Devinez quoi. »
Le magistrat se fâche. — « Excusez-moi,
« Dit l'autre ; j'ai toujours beaucoup aimé la robe. »

LE PETIT ARRÊT

D'UNE GRAND'CHAMBRE DE PARIS.

Comment d'une chambre caduque
L'arrêt viendrait-il attrister,
Quand dans ce temple on peut compter
Jusqu'à six têtes à perruque?

———

LA PRUDE.

L'amour sourit, même à la prude.
Plus d'une prend Dieu pour amant :
Voulant d'un si doux sentiment
Ne jamais perdre l'habitude.

UNE PRÉTENTION CAVALIÈRE,

OU

LA RACE DES ÉCUYERS.

DIALOGUE.

L'ÉCUYER.

Chacun de père en fils est homme de cheval ,
Et nous chérissons tous ce superbe animal.

L'ARTISTE.

Je n'ai, sans contredit, point de peine à vous croire :
Surtout en regardant de près votre mâchoire.

MADAME ESPÉRANCE ,

VIEILLE COQUETTE, MALGRÉ SON MARI.

Sur l'avenir de cette déité
Soyez, amis, sans défiance :
Elle a perdu la foi, la charité ;
Mais il lui reste.... l'Espérance.

LA PASSION DES CONTRASTES.

Clytus boite. Ida veut, trouve même charmant
Qu'il marche droit : L'un dit : « Pauvre époux, triste sire ! »
L'autre : « D'un tel projet gardez-vous bien de rire !
Car la femme toujours aima le changement. »

UNE RENCONTRE FASHIONABLE.

— Eh ! bonjour, cher ami, comment te portes-tu ?
— Mais fort bien , cher ami. Comment te nommes-tu ?

A PROPOS DES ÉLECTIONS DE CARPENTRAS ,

EN 1827.

LE MÉDECIN CANDIDAT.

Certain doctour obscur tombé, l'on ne s'ait d'où,
Les uns disent de l'Inde, et d'autres du Pérou ,

24

Prétend, sans cause légitime,

Nous venir soumettre au régime,

De sa fougueuse opinion.

On rit de sa prétention :

Sur nous en vain son fol espoir se fonde.

Et chacun croit qu'il ferait bien,

Pour notre repos et le sien,

De regagner au plus tôt l'autre monde.

UN MARIAGE DE RAISON,

ou

LA PRÉVOYANCE.

Sur l'union de ***, vieux et célèbre numismate italien, avec Mlle ***,
jeune et charmante personne.

Vois-tu ce visage exotique,

De Cythère vieux troubadour,

Épouser ce profil attique ?

Ce n'est pas vraiment par amour ;

C'est qu'il espère, quelque jour,

En faire une médaille antique.

LA SOLLICITEUSE ET LE PRÉFET.

LA DAME.

Humanisez-vous donc, et dépouillez pour moi
Ce naturel dur et.......... féroce.

L'ADMINISTRATEUR.

Impossible! je suis à cheval sur la loi....

LA DAME.

Votre cheval n'est qu'une rosse!

UNE BEAUTÉ PIQUANTE.

Sylvie
Possède mille dons heureux sans contredit;
La beauté, les talents, et jusques à l'esprit......
D'envie.

CARYBDE OU SCYLLA.

Le mariage est un guêpier.
Quiconque y tombe d'aventure,
S'il ne s'y fait estropier
N'en sort pas sans quelque piqûre.

CONTES ET NOUVELLES.

On permet au *Conte*, comme à l'Épopée, les épi-
sodes, les descriptions, les portraits, les réflexions,
les détails; mais avec la différence des couleurs
que les deux genres prescrivent ...

L'enjambement , proscrit dans les règles de la
versification sérieuse , est reçu dans le Conte ; il
est permis d'y rompre la mesure des vers; un vieux
mot , une tournure populaire , une locution su-
rannée peuvent ne pas y déplaire, si l'à propos y
marque leur place. Ces espèces de négligences fa-
vorisent l'illusion, et communiquent au Conte cet
air de bonhomie, ce ton de *coin du feu* qui en fait
le charme.

(*Petite Encycl. poét.*)

Narrer est l'art suprême ; un subtil narrateur
Exerce sur notre ame un pouvoir enchanteur.
Tout agit, tout respire en ses vives peintures ;
Spectateur inquiet, j'assiste aux aventures.
Mille traits ingénus, dont l'auteur est touché,
Tiennent à ses récits mon esprit attaché.

CHAUSSARD (*Poétique secondaire*).

CONTES ET NOUVELLES.

—

Iᵉ

UN CONTE DE GRAND'MÈRE,

ou

L'ÉCHARPE.

> Il est de constantes amours.
> (*Les Amants de Tours.*)

Mes enfants, il fait froid. Tandis que l'aquilon
Ébranle avec fracas les vitres du salon,
Que la neige est partout, que la saison est rude,
Pour charmer les loisirs de cette solitude,
Je voudrais vous offrir quelque distraction,
Égayer vos esprits par quelque fiction ;

Car, vous le savez tous, la vieillesse est conteuse,
Et, dois-je l'avouer, tant soit peu radoteuse.....
Mais, que vous puis-je dire? un conte de voleur?
Une histoire qui frappe et glace de terreur?
Non ; vous préférerez l'intéressant martyre
D'un amour malheureux.... et qui ne fait pas rire.

Après, selon l'usage, avoir toussé trois fois,
Je commence, écoutez!..... Il était autrefois
(Je parle de vingt ans), au fond de la Bretagne,
Vivant très à l'écart, un baron de Mortagne ;
Vieux débris de l'Empire, un soldat parvenu,
Né de parents obscurs, et lui-même inconnu
Jusqu'au jour où, poussé par une ardeur guerrière,
Il courut, noble enfant, défendre la frontière ;
Puis dans l'Europe en feu plantant nos étendards,
Fit trembler l'aigle altière et jusqu'aux léopards.
Mais bientôt les destins, à nos armes contraires,
Vomirent sur Paris des hordes étrangères ;
Et l'odieux contrat d'une honteuse paix
Fut le triste prélude à de plus noirs forfaits.

Quand de lâches tyrans l'impitoyable haine
Eut cloué le héros au roc de Sainte-Hélène,
Et de son souffle impur notre gloire flétri ;
Mortagne, avec raison, de tant de maux aigri,

Résolut de finir sa vie à la campagne.
Il avait, pour unique et fidèle compagne,
Une fille. Sa mère, en lui donnant le jour,
Fut, par un coup affreux, ravie à leur amour.
Marie était le nom de cet objet si tendre.
Personne de l'aimer ne pouvait se défendre.
Elle était douce, bonne, et quatorze printemps
Étalaient sur son front leurs trésors ravissants.
Aussi, ce que Mortagne éprouvait pour Marie
Était moins de l'amour que de l'idolâtrie.
Elle, de son côté, savait jouir tout bas
De son charmant triomphe, et n'en abusait pas.
Être aimée est si doux ! Elle cherchait à plaire ;
Chatouillait du guerrier l'innocente chimère,
Écoutait le récit de ses nombreux combats :
« La victoire volant de climats en climats,
« Le nom français, l'orgueil et la terreur du monde ! »
Puis quand, las de courir sur la terre et sur l'onde,
Mortagne du sommeil cédait aux doux efforts,
Soudain, la jeune fille à de légers accords
Unissant de sa voix la suave magie,
Prolongeait du vieillard l'heureuse léthargie.

Dans ces devoirs pieux s'écoulèrent trois ans.
Mortagne s'aperçut alors qu'il était temps
De songer à pourvoir d'un gendre sa famille.

25

Il voulait franchement le bonheur de sa fille ;
Mais en retour aussi le vieillard désirait
Que Marie acceptât l'époux qu'il choisirait.
« Car enfin, » pensait-il, « dans cette grave affaire,
« Elle doit, avant tout, obéir à son père.
« Si j'ai parfois permis une discussion,
« Je n'ai jamais souffert de contradiction
« Sur un pareil sujet....... Et mon expérience
« Doit, d'ailleurs, en tous cas, avoir la préférence. »

Mortagne dans ce choix ne fut pas arrêté.
Langeac était très riche, homme de qualité,
Vieux, mais s'efforcerait de plaire davantage :
Aurait des goûts rassis, ne serait point volage ;
Et ses titres de comte et de pair, en tous temps,
Sauraient faire oublier ses cinquante-quatre ans.

Tel fut le digne époux qu'en son erreur étrange,
Un père ambitieux réservait à cet ange.

Mais parfois les enfants, adorables ingrats,
A nos plus chers projets offrent mille embarras ;
Et souvent plus heureux, malgré leur ignorance,
Renversent les calculs de notre prévoyance.
Mais n'anticipons pas sur les événements.

Parmi le fol essaim de nombreux soupirants ,
Jaloux de posséder cette belle héritière ,
Se perdait dans la foule Armand de Favetière ,
Jeune , plein d'avenir , et récemment admis
Dans un temple fameux , aux luttes de Thémis.
Son père , rejeton d'une famille antique ,
Était , adolescent , parti pour l'Amérique.
Là , son mâle courage aisément exalté ,
Au cri des droits de l'homme et de la liberté ,
Avait , d'un peuple fier assurant la conquête ,
Dans plus de vingt combats risqué sa noble tête.
Aux héros de l'époque étroitement lié
D'une patriotique et sincère amitié ,
Il séjourna long-temps dans ce lointain asile.
Puis, lorsqu'il crut son bras à leur cause inutile ,
Cédant au vif désir de revoir son pays ,
Il vogua vers la France avec son jeune fils ,
Reste unique et chéri d'un trop court hyménée !.....
Mais dans Paris alors la licence effrénée
Dressant d'un front d'airain ses tréteaux triomphants ,
Au nom de la justice égorgeait ses enfants.
Favetière crut voir , dans ce hideux carnage ,
De l'humaine raison l'immanquable naufrage.
Et cette liberté , but de tout son désir ,
Il en fut la victime et presque le martyr !.....
Pour pleurer de ses plans la cruelle défaite ,

Il choisit une obscure et modeste retraite ;
Et des illusions revenu désormais,
Fit jurer à son fils d'abdiquer à jamais
Ce titre de *marquis*, hérité de ses pères :
Cause de tant de deuil et de tant de misères !.....
Devait-on croire, hélas ! que ces vœux solennels
Feraient naître plus tard des regrets éternels ?

Chaque automne, à Morlaix, chez un ami d'enfance,
Armand venait passer les deux mois de vacance
Laissés, selon l'usage, aux tuteurs de nos lois.
Dans ses nombreux loisirs il vit plus d'une fois
Mortagne, qu'en dépit de ses goûts sédentaires,
A la ville appelaient de nombreuses affaires.
Armand, sur divers points fut par lui consulté ;
Puis, peu de jours après, poliment invité
« A venir, sans façon usant du voisinage,
« Visiter, en chasseur, son modeste ermitage. »

Noble et vaste débris d'un manoir féodal,
Le château du baron, sur son roc colossal,
Semblait d'un ris moqueur insulter à la plaine.
De Zéphyre jamais n'y pénétra l'haleine ;
Et, comme ses vieux murs, les farouches autans
Y bravaient sans pitié les outrages du temps.
Sur les flancs du rocher une riche verdure

Tempérait de ce lieu la sauvage nature.
Plus bas, s'arrondissait un gracieux coteau.
Près d'un banc de gazon, un limpide ruisseau
Fuyait en murmurant à travers la prairie.
C'est là que bien souvent allait rêver Marie,
Le soir, lorsque la lune étincelait aux cieux.
Souvent aussi l'on vit des larmes dans ses yeux.
Elle avait dix-sept ans. Or, l'on sait qu'à cet âge
Tout émeut : et le vent, et l'onde et le feuillage :
Tout est joie ou chagrin. Une douce pâleur
Faisait de son beau front ressortir la blancheur.
De ses longs cheveux bruns les tresses ondoyantes
Retombaient sur son col en spirales charmantes ;
Une écharpe d'azur, aux replis caressants,
Avec grace flottait sur ses appas naissants.
De soyeux brodequins s'efforçaient, non sans peine,
D'enserrer deux captifs dans leur prison d'ébène ;
Le lin qui la couvrait à flots éblouissants,
Faisait rêver, portait le trouble dans les sens,
Et la rendait semblable à ce charmant génie
Errant jadis aux monts de la Calédonie.

Paraître, voir, aimer, déclarer son amour,
Pour le fougueux Armand fut l'affaire d'un jour.
Marie, en hésitant, accueillit cet hommage ;
Une terreur secrète alarmait son courage.

Elle tremblait de voir rejeter leurs serments ;
Elle avait foi surtout en ses pressentiments.
« Si je l'aime, ô mon Dieu, vous seul pouvez le dire!
« Mais je crains de l'amour le dangereux délire ;
« Je crains de me livrer à des transports si doux,
« Car il n'est, je le sens, point d'avenir pour nous.
« Si mon père exigeait, si j'étais condamnée
« A finir loin de lui ma triste destinée ;
« Devant un tel aveu mon cœur reculerait,
« Et cette écharpe seule, Armand, vous apprendrait
« Que de mes rêves d'or enfin désabusée,
« Dans mon ame à jamais l'espérance est brisée :
« L'écharpe dirait tout !!!..... » Par un écrit venu
Bientôt, dans sa retraite, Armand fut prévenu
Que le marquis touchait à son heure dernière,
Et voulait par son fils voir fermer sa paupière.
Armand, pâle d'effroi, les yeux baignés de pleurs :
« O Marie, excusez de trop justes douleurs,
« Je pars. C'est un mourant qni vers lui me rappelle.
« Restez de votre foi la gardienne fidèle ;
« Je reviendrai bientôt : et, cédant à mes vœux,
« Mortagne par l'hymen couronnera nos feux. »
Il dit, et brusquement sur un coursier s'élance.
Mais, loin de partager sa douce confiance,
Marie, en s'éloignant, lui jette un souvenir,
Et craint, en sa frayeur, de sonder l'avenir.

Armand du vieux baron savait le ridicule ;
Mais de le lui montrer il se fût fait scrupule.
Et certain d'être aimé, tranquille, il espérait
Que de ses vœux son père un jour l'affranchirait.
Il cheminait, bercé par cette heureuse attente.
Mais quel est son effroi quand soudain se présente
Un ancien serviteur, couvert d'un crêpe noir ?
« Eh quoi ! ç'en est donc fait : il n'est donc plus d'espoir ? »
Un geste douloureux indique que son père
A, depuis quelques jours, terminé sa carrière.
« Le mourant l'appelait. Il l'avait attendu ;
« Il croyait voir son fils à ses désirs rendu :
« Et des derniers accents, exhalés de sa couche,
« *Armand* fut le seul nom qui sortit de sa bouche. »
Et lui, lui, mauvais fils, quand son père expirait,
A de folles amours sans rougir se livrait !

Un sombre désespoir s'empara de son ame.
Il maudit les transports de cette aveugle flamme,
Qui l'avait emporté sur le plus saint devoir.
Son père l'appelait : il n'avait pu le voir ;
Et les remords vainqueurs, de leurs mille piqûres
Semblaient éterniser l'horreur de ses tortures.

Un malheur trop souvent est d'un autre suivi,
Lorsqu'on est par le sort sans pitié poursuivi.

Armand triste, pensif, marchait à l'aventure,
Sans avoir de son cœur vu fermer la blessure;
Quand dans sa main tremblante aussitôt on remet
Un message scellé d'un sinistre cachet.

Cette enveloppe encor couvre quelque mystère;
Il craint d'en voir jaillir une horrible lumière.
C'était l'écharpe!!!... Et rien, rien ne l'accompagnait.
Mais ce cruel symbole à lui seul témoignait
Qu'il ne faut point compter sur une jeune fille.
Son langage ressemble à la flamme qui brille,
A l'oiseau qui s'envole, à l'éclair qui, d'un trait,
Ébranle, ouvre la nue, et soudain disparaît.
« Tel est donc, disait-il, le fruit de ses promesses,
« De nos plans d'avenir, de ses vives tendresses! »
Si jamais notre écharpe, Armand, tu déchirais,
De ce funeste coup je sens que je mourrais.
Que notre écharpe, ami, te soit toujours sacrée,
De nos chastes transports l'image révérée.
— « Elle mourir! Mais non : elle ne mourra pas,
« Car on n'en meurt jamais. Ce projet de trépas
« A ma stupide ardeur est encor une injure.
« Oublions pour jamais une amante parjure;
« Et, dût-elle en souffrir, ce chagrin passager
« Ira s'ensevelir sous des fleurs d'oranger.
« Mais faisons mieux : cédons au penchant qui m'entraîne;
« Laissons-lui contre nous un vrai sujet de haine,
« Vengeons-nous!.... Cette écharpe!..... » Il dit, et sans retard.

Tranche le talisman d'un coup de son poignard.
Mais alors il ne peut en supporter la vue.
Il saisit leurs lambeaux de sa main éperdue :
Puis, après les avoir avec soin reployés,
Ils sont à son amante aussitôt renvoyés :
Craignant, en différant les effets de sa rage,
De voir s'anéantir son barbare courage......

Content de sa vengeance, en tous lieux il erra,
Et du nord au midi partout il pénétra.
Il cherchait, en dépit de sa fureur extrême,
En oubliant Marie à s'oublier lui-même !....

Un jour, quel fut son trouble, en rentrant dans Paris,
Lorsque dans un journal il lut ces mots écrits :
Madame de Langeac va se rendre en Provence,
Pour hâter les progrès de sa convalescence.
« Elle était donc malade, et lui seul l'ignorait!
« Et depuis neuf grands mois l'Europe il parcourait
« Sans motif et sans but : avec indifférence,
« Tâchant de mettre un terme à sa triste existence !..... »

Alors, sans plus tarder, il se rend à Morlaix,
Puis de là chez Mortagne. Un bosquet de cyprès
Sur le banc de gazon étendait son ombrage.
Ce fut à lui d'abord qu'il porta son hommage.

26

C'était là que Marie allait rêver le soir,
Dans des temps plus heureux!..... Il espérait la voir
Errer comme autrefois dans ce lieu solitaire.
C'était le vingt septembre : étrange anniversaire,
Celui de son départ; de leurs derniers serments!.....
Là, tout était de même. En méandres charmants ,
Le ruisseau toujours pur s'épanchait dans la plaine.
Le ciel était serein, et Zéphire avec peine
Semblait abandonner ce gracieux séjour.
Sur un char son amante y venait chaque jour.
Elle ne marchait plus. En sa maigreur extrême,
Elle ne paraissait que l'ombre d'elle-même.
Armand de loin la vit, et sa pâle beauté,
Frappa d'un coup affreux son œil épouvanté.
Puis , sur le froid gazon s'étant agenouillée ,
Et du voile d'azur lentement dépouillée :
De sa bouche livide et pleine de sanglots ,
Elle dit : « Dieu puissant, seul témoin de mes maux ,
« Ne m'abandonnez pas : d'une sainte lumière
« Éclairez un instant ma rebelle misère,
« Soutenez mon courage...... Ah! jamais devant eux
« Des pleurs, de tristes pleurs n'ont coulé de mes yeux.
« Mais je suis seule ici....... Que mon obéissance
« Obtienne au moins de vous un regard de clémence.
« Mais ne le plus aimer !.... ne le demandez pas :
« N'exigez rien : je suis si proche du trépas!.....
« Il se rappelle donc le serment qui nous lie.....

« Je le pense du moins...... Maintenant qu'il m'oublie....

« Non, pas encor...... Bientôt...... Le revoir une fois,

« Serrer sa main, entendre encor sa douce voix,

« Entendre un mot d'amour de sa bouche chérie !...... »

Soudain Armand s'élance en s'écriant : « Marie,

« Une fatale erreur !...... Ce cruel abandon !......

« Je viens à tes genoux implorer mon pardon :

« Grace pour le coupable !..... » Éperdue, éblouie,

Elle tombe en ses bras sans force, évanouie ;

Puis, reprenant ses sens après quelque repos,

D'une mourante voix laisse tomber ces mots :

« Armand, c'est donc bien vous !..... A mes désirs propice,

« Le ciel va mettre un terme à cet affreux supplice,

« Je mourrai satisfaite...... Armand, écoutez-moi :

« Le temps presse........ Jamais je n'ai trahi ma foi.

« A de cruels devoirs je succombe asservie ;

« Pardonnez à mon père...... Il est une autre vie,

« Asile de repos, réservée aux élus ,.....

« Où nous nous reverrons pour ne nous quitter plus.....

« Mais quel nuage affreux..... vient obscurcir ma vue !.....

« Mourir à dix-huit ans !...... Mais je te suis rendue....

« A toi...... mon dernier souffle..... et mes derniers adieux.....»

Et cet ange aussitôt prit son vol vers les cieux.

II.

LA TRAHISON PUNIE.

> .... Que la vengeance est douce aux belles ames !
> C'est le plaisir des Dieux et le bonheur des femmes
>
> CASIMIR DELAVIGNE.

Près des lieux fortunés où commence le Tage,
Où l'air est toujours pur et le ciel sans nuage, (1)
Vivait, dans un riant et modeste séjour,
Une jeune orpheline. En lui donnant le jour,

(1)   *Das Land wo die Citronen blühen.*

GOETHE.

Ce sol qui voit fleurir l'odorant citronnier.

(Imitation de l'Auteur).

Cette citation rappelle à l'esprit les magnifiques strophes de Guiraud
sur la mort de lord Byron :

..... Eh quoi ! dans ces belles vallées
Où l'oranger suspend son fruit suave et mûr,
Où les femmes, le soir, se promènent voilées....., etc.

Sa mère à sa tendresse avait été ravie ,
Et cette mort d'une autre en peu de temps suivie.
Dom Pèdre , des héros affrontant les hasards ,
Avait laissé sa tête aux campagnes de Mars.
Mais d'Inès le jeune âge ainsi que la tutelle
Furent commis aux soins d'un intendant fidèle.
Sa femme Paquita, dans ces devoirs si doux ,
Jalouse d'égaler en zèle son époux ,
Et voyant dans Inès une fille chérie ,
L'avait au même sein qu'Isabelle nourrie.
Ces deux charmantes sœurs grandirent sous ses yeux ,
Confondant leurs travaux , leurs plaisirs et leurs jeux ;
Et de longs entretiens , nés de la confiance,
Resserrèrent les nœuds d'une amitié d'enfance.
Mais , malgré ces liens si tendres , si touchants ,
Entr'elles existaient de contraires penchants.
Isabelle était gaie , et folâtre et moqueuse,
Inès mélancolique et toujours sérieuse;
Aimant la solitude et les sentiers déserts,
Des chantres du printemps les amoureux concerts :
L'obscur exil des bois. Souvent une ame tendre
Cède à ce doux instinct sans pouvoir se défendre.
Pensive, elle rêvait à son isolement ,
A sa mère expirée , à son attachement,
Et son front tout à coup se voilait de tristesse.
Car qui peut d'une mère égaler la tendresse ?
Qui ne s'émeut soudain à ce nom respecté ?

Trésor d'inépuisable et d'ardente bonté
Dont trop tard, bien souvent, tout le prix se révèle !.....

Ramire était le nom du père d'Isabelle,
Fernand était son fils. A peine était-il né,
Que par son père il fut aux autels destiné.
Alors de résister il ignorait l'envie ;
Insoucieux enfant, il glissait sur la vie
Comme un esquif léger sur l'abîme des mers.
Mais quand par trois étés suivis de seize hivers
Fut dans son jeune esprit la raison exercée,
Elle trembla soudain à l'horrible pensée
De voir mettre bientôt, par des vœux solennels,
Entre le monde et lui des remparts éternels.
Juste pressentiment ! que d'ames solitaires
De qui les murs d'un cloître enferment les misères,
Les regrets impuissants, les furtives douleurs,
Qui s'exhalent toujours en longs ruisseaux de pleurs !......

Au sortir de l'enfance, et tout près de Séville,
Fernand était entré dans un pieux asile,
Et s'occupait, au sein de ce paisible lieu,
A nourrir son esprit ainsi qu'à louer Dieu.
Après trois ans passés dans de saintes pratiques,
Il obtint de revoir ses foyers domestiques
Avant d'ouvrir le cours de son noviciat.

C'est alors que son cœur soutint plus d'un combat :
Et que, dans les transports de sa douleur amère ,
Il maudit en secret les projets de son père
Et ses plans d'avenir. Il avait, en partant,
Laissé près de sa mère Inès encor enfant,
Dans cet âge oublieux de joie et de folie ;
Puis il la retrouvait jeune fille accomplie ,
Et seule paraissant ne point apercevoir
De ses charmes divins le dangereux pouvoir.
Pour elle il n'eut d'abord que l'amitié d'un frère ;
Mais, quelque temps après, un trouble involontaire
A ses sens éperdus finit par révéler
Une ardeur qu'il ne put bientôt dissimuler.
Telle est des passions l'étonnante magie.
Un amour partagé triple notre énergie ;
Nous fait impunément braver les coups du sort :
Un amour sans espoir est pire que la mort.
« A sa brûlante flamme Inès répondrait-elle ?
« Il était sans fortune ; elle était riche et belle :
« Chacun l'accuserait de ne. s'être arrêté
« Qu'aux odieux calculs de la cupidité ;
« Lorsque, dans la candeur de son délire extrême,
« Il aimait seulement Inès pour elle-même. »
Le véritable amour est timide et discret.
Dans un doute cruel sa tête s'égarait.
Toujours l'incertitude est un affreux supplice ;

Mais elle l'est surtout pour une ame novice,
Pour un cœur de vingt ans. Son ingénuité,
Prodigue de trésors d'amour, de liberté,
Va souvent, trop docile à l'orgueil qui l'entraîne,
Expirer aux genoux de quelque Célimène.

Il avait dom Lopez d'Aguilar pour ami;
Jeune encor, mais déjà dans le vice affermi.
Reste dégénéré d'une antique noblesse,
Qu'à peine soutenait une immense richesse,
Il faisait, en dépit de ses trente printemps,
De la séduction son plus doux passe-temps :
Cachant, sous les dehors d'une aimable figure,
De son cœur corrompu la perverse nature.
Mais Fernand pouvait-il, en aucune façon,
Avoir de ces défauts le plus léger soupçon?
Au cloître, en ce bon temps de joyeuse mémoire,
Lopez avait été son émule de gloire;
Et souvent les éclats de sa franche gaîté
Rompirent du saint lieu la sombre austérité.
Des destins imprévus long-temps les séparèrent :
De semblables destins plus tard les rapprochèrent;
Et par l'heureux Fernand, vers le manoir conduit,
Aux lares paternels Lopez fut introduit.
Inès lui plut : sa grace et sa beauté modeste
Réveillèrent en lui son naturel funeste.

Pourtant il ne fit pas, en ses cruels efforts,
De la séduction jouer tous les ressorts.
Il croyait ne la voir, amazone inhabile,
Opposer à ses coups qu'une lutte inutile.
« Qui lui résisterait ? Personne. A son regard
« Ne s'offrait qu'un timide et languissant vieillard :
« Car Fernand serait loin. Inès, sans défiance,
« Pour égide n'avait que sa seule innocence. »

Il emprunte aussitôt des langoureux amants
Le langage discret, les longs élancements,
Les soupirs étouffés ; et, tranchant du martyre,
Le long des frais ruisseaux promène son délire.
Inès aimait les fleurs. Un monstrueux bouquet,
Symbolique interprète et confident muet,
Exprime clairement le trouble de son ame,
Et les tendres combats de sa pudique flamme !.....
« Il mourait en silence !..... » Et, malgré sa douleur,
Jamais il ne voulut que de sa feinte ardeur
(Par un raffinement de barbare artifice),
Sa bouche près d'Inès se montrât la complice.
Séducteur prévoyant, certain de l'avenir,
Il ne demandait rien pour mieux tout obtenir.

Lopez avait raison. Inès naïve et tendre,
A ces lacs effrontés se laissa bientôt prendre.

27

Elle aima d'Aguilar, crut à sa bonne foi,
Et d'un indigne amant subit l'affreuse loi.

Non loin du vieux manoir s'ouvrait une vallée,
Du profane vulgaire avec soin exilée,
Où, sur un lit brillant de sable fin et pur,
Le Tage avec orgueil roulait ses flots d'azur.
L'ame au recueillement s'y sentait attirée ;
De cèdres un bosquet en dérobait l'entrée.
Le thym et l'oranger, aux délicates fleurs,
Y mêlaient le parfum de leurs molles vapeurs.
Du fleuve et des oiseaux l'agréable cadence
Troublant seule en ce lieu le calme et le silence,
Invitaient à goûter les douceurs du repos.
C'est là qu'au bruit confus des murmurantes eaux,
Le soir, quand les zéphirs, s'abaissant sur la plaine,
Calmaient du dieu du jour la dévorante haleine,
Inès venait au sein d'Isabelle sa sœur
Épancher le secret de sa jeune douleur.
Elle avait quatorze ans. Il est dans notre vie
Un âge d'innocence et d'aimable folie,
Où le cœur ingénu, vierge de souvenir,
S'élance avec transport aux champs de l'avenir ;
Ère d'illusion, d'adorable mensonge,
Que l'on rêve toujours !..... Mais qui n'est plus qu'un songe
Si son prisme une fois s'est à peine arrêté

Au dévorant flambeau de la réalité !

Inès, en revoyant cette douce verdure

Qui tempérait du lieu la sauvage nature,

Ces parfums enivrants, le concert des oiseaux,

A travers un soupir laissa tomber ces mots :

« Ma sœur, te souvient-il du temps de notre enfance,

« De ces jours de plaisir, d'heureuse insouciance,

« Où nos larmes coulaient en déplorant le sort

« D'un cristal en éclats ou d'un papillon mort?

« Ces heures d'abandon, de douce quiétude,

« Ont fui bien loin de nous !..... et cette solitude

« Qu'avec tant de ferveur alors je chérissais,

« A mes vœux n'offre plus que de vagues attraits.

« Tout me charmait alors; maintenant tout me lasse.

« Toi-même devant moi tu ne peux trouver grace.

« D'où vient l'affreux dégoût qu'aujourd'hui je ressens,

« Ce malaise inconnu qui pénètre mes sens?

« Parfois de ces oiseaux j'écoute le ramage :

« Ils semblent m'avertir, dans leur tendre langage,

« Que la vie est légère et pleine de douceurs

« Lorsqu'on met en commun la joie et les douleurs.

« Vois-tu du rossignol la compagne fidèle

« Voler en frémissant vers l'époux qui l'appelle?

« Entends-tu de leur sein les nombreux battements,

« L'impétueux transport de leurs embrassements?

« Il faut, pour être heureux, marcher deux dans la vie.

« Quand donc naîtra pour moi ce bonheur que j'envie?

« J'ai résisté long-temps : efforts trop superflus !

« La tranquille amitié, ma sœur, ne suffit plus

« Aux agitations de mon ame accablée........ » (1)

Sa sœur la rassura, mais se sentit troublée ;

Car l'amour à leur vue, en des tableaux trop vrais,

Venait de découvrir ses dangereux secrets.

Lopez, pour triompher d'une amante crédule,

Six mois d'un feint amour l'enivra sans scrupule ;

Semblait l'esclave heureux de ses moindres désirs,

L'ame de ses travaux et de tous ses plaisirs.

Il l'observait sans cesse, et prévit avec joie

Qu'elle serait bientôt une facile proie ;

Mais avant d'arriver à ces heureux moments,

Il lui fallait encor quelques ménagements.

Un soir que, d'aventure, Inès n'avait près d'elle

Que sa joyeuse sœur, la folâtre Isabelle,

Il entra tout à coup. A son air incertain,

On eût dit qu'il cachait un sinistre dessein.

Le comte s'excusa sur sa brusque venue.

(1)   *Se amor non è, que dunque sento ?*

PETRARCA.

Hé ! qu'éprouvé-je donc si ce n'est de l'amour ?

— « Il comptait voir Ramire...... Une affaire imprévue......

— « Il sera de retour demain, seigneur,...... et si......

— « Mais je serai demain à cent milles d'ici,

« Car je pars à l'instant, et je me rends en France

« Pour une mission de très haute importance.

— « Que fait un jour de plus ? Ma mère Paquita

« Hier avec dom Ramire à regret nous quitta,

« Mais tous deux reviendront demain de Barcelone.

— « Ils sont en cette ville ?..... Au prix d'une couronne

« Que n'ai-je su plutôt ?..... Je pars,..... et pour long-temps !

« Moi seul en souffrirai !.....—Vous seul ? Mais non : le temps,

« Les plaisirs si nombreux que l'on rencontre en France,

« Bien vite adouciront les tourments de l'absence.

— « Jamais !.....—Vous le croyez ?—Le véritable amour,

« L'amour que je ressens n'est pas celui d'un jour.

« Semblable au chêne altier dont le pompeux feuillage

« Fait admirer au loin l'orgueil de son ombrage ; (1)

« Ou comme un plant vivace, au calice vermeil,

« Qui ne cherche pas l'ombre et brave le soleil ;.......

« Tel est l'ardent amour qu'en mon ame attendrie

« Alluma de vos yeux la rencontre chérie..... (2)

---

(1)   ...... *Die grosse Eiche beschattet weit umher.*
                                    GESSNER.

(2) Ce langage emphatique de l'amant semble peu naturel au premier abord ; mais il faut se rappeler que la scène est en Espagne, que d'Aguilar est un séducteur consommé, et qu'Inès n'a que quatorze ans.

— « Cet amour est le vôtre ?..... Il ne changera pas ?....

— « Je jure de n'aimer qu'Inès jusqu'au trépas.

— « Écoutez !.... Devant vous est une jeune fille,

« Pure, simple de cœur, mais presque sans famille,

« Orpheline, isolée, et n'ayant aujourd'hui

« Qu'un débile vieillard après Dieu pour appui.

« Prenez garde pourtant ! car je suis Castillane :

« Castillane, seigneur !..... Si d'un dessein profane,

« Si d'une trahison !..... — Inès, à vos genoux,

« Je jure de n'avoir d'autre épouse que vous.

— « C'est assez : je vous crois. Ce serment me rassure.

« Votre bouche sans doute ignore le parjure.

— « A me suivre partout vous daignez consentir ?

— « Si mon père y consent. Il le faut avertir.

« Voici ma main, Lopez ; c'est l'honneur qui la donne ;

« Isabelle, courons, volons à Barcelone :

« Hâtons-nous !.... — Vos désirs sont ma suprême loi ;

« Vous n'aurez pas en vain confiance en ma foi.

« Ce rameau d'oranger, symbole d'innocence,

« Sera toujours, Inès, témoin de ma constance. »

Il dit. Un char paraît ; et six coursiers fougueux

Font fuir en un clin d'œil le manoir de leurs yeux.

Déjà la Nuit, sortant de ses cavernes sombres,

Tirait sur l'univers le rideau de ses ombres,

Et le char gravissait un roc avec lenteur,

Lorsqu'Inès d'un accent glacé par la terreur :

— « Ces arbres, ces ravins...... ce n'est pas Barcelone !...

« Où suis-je?—Eh! croyez-vous que l'on vous abandonne?

« Nous entrons dans Irun ; à vos regards surpris

« Dans peu se déploîront les coteaux de Paris.

— « Ciel! que me dites-vous?..... Fille déshonorée!.....

— « Suspecteriez-vous donc ma parole sacrée?

« Comtesse d'Aguilar, dites? que craignez-vous?

« Que peut craindre une femme au bras de son époux?

— « Ah! seigneur, excusez l'injuste défiance......

« J'ai remis en vos mains, ma foi, mon innocence :

« Pardonnez un soupçon qui n'est pas mérité ;

« Mon cœur doit toujours croire à votre loyauté. »

En France, au temps marqué, tous les trois arrivèrent ;

Et tous trois vers Meudon aussitôt cheminèrent.

D'Aguilar à Paris préférait ce séjour :

C'était le temps des fleurs. Il espérait un jour,

Par un ami d'enfance, apprendre que son père

A ses projets d'hymen ne serait pas contraire.

Un an, d'un mois suivi, coula dans cet espoir.

Le comte de la ville apportait chaque soir

Un rameau d'oranger à sa fidèle amante :

Témoignage éloquent de sa flamme constante.

D'hymen pas un seul mot. « Cet étrange retard

« Semblait ne pouvoir être un effet du hasard ;

« Et du comte, en ce point, l'incroyable silence

« Devait faire, à bon droit, naître la défiance. »

Isabelle du moins le croyait : sa raison
Soupçonnait vaguement Lopez de trahison.
Mais d'avertir sa sœur eût-elle eu la pensée,
Que soudain de son ame elle l'eût repoussée.
Le moyen d'arracher Inès aux rêves d'or,
A ses rêves d'amour! Elle espérait encor.
Son noble caractère au mal ne pouvant croire,
A ses préventions opposait sa mémoire,
Retraçait de Lopez la bienveillante ardeur,
Ses soins ingénieux, sa naïve candeur......
« Et même un mouvement de haine involontaire
« N'avait-il pu la rendre envers lui trop sévère? »

D'Aguilar à Meudon un soir ne revint pas.
Inès à sa rencontre avait porté ses pas,
Fidèle aux douces lois d'une ancienne habitude!....
Elle attendit en vain, et son inquiétude
En reproches pourtant jamais ne s'exhala.
Un second jour encor tristement s'écoula.
Le rameau n'offrait plus qu'une feuille flétrie.
Inès, en le voyant, se sentit attendrie :
« Grand Dieu! serait-il vrai?..... ce jour, ce triste jour
« Éclairera-t-il donc le deuil de son amour?
« Ah! puisse néanmoins être vaine ma crainte! »
Lopez enfin parut; mais son air de contrainte,
Sa marche irrésolue et son abattement,
Paraissaient présager un triste événement.

Inès le vit (qui peut tromper l'œil d'une amante?)
D'Aguilar démontra d'une voix hésitante :
« Qu'un invincible obstacle à leurs vœux s'opposait;
« Et, dans cette occurrence..... alors..... il proposait
« De rentrer en Espagne, espérant de son père
« Pouvoir, avec le temps, désarmer la colère. »

Durant ce beau discours, une sombre rougeur
Avait du front d'Inès effacé la pâleur.
Le désespoir entra dans son ame éperdue.
Quel serait son destin? Fille à jamais perdue,
Pure et chaste pourtant!..... Qui la recueillerait
Lorsque son fiancé de lui la repoussait?
« A ce sanglant outrage étais-je désignée,
« Et méritais-je donc d'être ainsi dédaignée?
« Parjure à tes serments, à ta femme, à ton Dieu,
« Quoi! tu me réservais ce détestable adieu!
« Hélas! aurait-on cru qu'une bouche si pure
« Distillât à la fois le fiel et l'imposture?
« Faut-il que le mensonge et que la lâcheté
« Reçoivent leur pardon et leur impunité?
« L'infâme!..... Il me prenait pour une courtisane!!!...
« Il a donc oublié que je suis Castillane :
« Car je suis Castillane!...... et je dois me venger!.... »
Soudain, elle saisit le rameau d'oranger,
Le brise entre ses doigts, et sa main dédaigneuse
Le jette en pâlissant sur la route poudreuse.

Un inconnu s'élance, en reçoit les débris,
Les presse sur son cœur, et vole vers Paris.

Sitôt que du départ Fernand sut la nouvelle,
Du comte il devina la trame criminelle.
Il rejoignit Inès, après un long détour;
S'établit à Meudon, et son actif amour
Veilla sur elle : heureux de pouvoir la défendre !......

. . . .

. . . .

Le jugement de Dieu ne se fit point attendre.
Lopez de trahison fut bientôt convaincu.
Quelques cris sourds, puis rien......... le traître avait vécu.

ENVOI.

Veuillez ne prendre aucun ombrage
De ce conte : il est de saison.
Il prouve que, selon l'usage,
La femme toujours a raison.

UNE PASSION SECRÈTE,

ou

LA MORT SOUS LES FLEURS.

PROLOGUE.

Parler trop nuit, dit-on ; un obstiné silence
N'a-t-il pas ses périls aussi ? Ce que j'avance
Est par ce qu'on va lire aisément attesté.
Quel exemple cruel de cette vérité
Qu'une fille charmante et la plus tendre mère
Dans un commun trépas achevant leur misère !

Que conclure de là? Qu'il faut que nos parents
Soient nos amis ; ce sont des juges tolérants.
Rendons-les , bannissant de frivoles alarmes ,
Témoins de notre joie ainsi que de nos larmes ;
Découvrons-leur notre ame avec sincérité :
La franchise est la sœur de l'ingénuité.
Ces aimables vertus, enfants , sont de votre âge
Le plus riche trésor, le plus noble apanage.
Chérissez vos parents : comblez-les chaque jour
D'égards , d'attentions, de respect et d'amour.
Leur cœur est un foyer de bonté, d'indulgence ;
Songez aux soins nombreux qu'exigea votre enfance :......
Vénérez-les , enfants : surtout n'oubliez pas
Qu'un père du Très-Haut est l'image ici-bas ;
Et ne leur semblez point venus sur cette terre
Comme un fatal présent du ciel dans sa colère !.....

UNE PASSION SECRÈTE,

OU

LA MORT SOUS LES FLEURS.

SIMPLE HISTOIRE.

> Et rose, elle a vécu ce que vivent les roses :
> L'espace d'un matin.
>
> MALHERBE.

Le véritable amour recherche le mystère ;
Il redoute le bruit, se cache, aime à se taire,
De personne jamais n'emprunte le secours.
Vainement il veut feindre : il se trahit toujours.
Se replier sur soi, se repaître d'alarmes,
Surprendre tout à coup ses yeux remplis de larmes,

Être triste, joyeux : craindre, espérer, souffrir ;
Épancher sa douleur et pourtant la chérir ;
Sur un objet unique arrêter sa pensée,
D'un mal que l'on ignore avoir l'ame oppressée ;
Trembler, et se sentir pris d'un feu dévorant :
Désirer tout, à tout paraître indifférent ;
Maudire son chagrin, sans cesse s'y complaire :
D'un amour chaste et vrai tel est le caractère.

Pour ceux que cet amour atteint de son flambeau,
Va s'ouvrir une autre ère, un monde tout nouveau.
Chacun d'eux s'entourant et d'ombre et de silence,
S'isole, et bravera les rigueurs de l'absence.
L'amant qu'entraîne au loin un rigoureux devoir,
Voit l'amante accourir vers lui pour le revoir ;
Cherchant à reproduire encor par la pensée
La trace de ses pas sur le sol effacée.
L'image de l'amant respire en cette fleur
Dont le parfum d'avance a fait bondir son cœur.
Tout : la feuille qui tombe, une voix douce et pure ;
Le concert des oiseaux ou l'onde qui murmure,
Vers un unique but semblent se réunir :
Tout retrace à l'amante un vivant souvenir.

Mais ce feu qui ravit et qui trouble notre être,
Ce noble sentiment, en nous qui le fait naître ?

Ne le dirait-on pas au fond des cœurs jeté
Comme un brûlant reflet de la divinité?
Parfois, il apparaît, et vague et solitaire,
Météore brillant, séduisante chimère ;
Mais il laisse partout la trace de ses pas.
Tel, il offre toujours de merveilleux appas
Aux pétulants transports de la vive jeunesse;
A cet âge oublieux d'innocence, d'ivresse,
Où vierge encor, le cœur, embrasé de désirs ,
Est prêt à s'élancer au torrent des plaisirs.

Peut-être à cet amour, lecteur, n'oses-tu croire ;
Pour te convaincre, écoute une touchante histoire.

Dans un pays voisin dont je tairai le nom ,
Lieu célèbre, jadis d'un glorieux renom ,
Vivait Agnès , l'idole et l'orgueil de sa mère.
Fruit d'un trop court hymen , elle avait vu son père
Près du Guadalquivir, par le destin surpris ,
De nos vaillants soldats augmenter les débris.
Triste et fatal témoin de cette mort cruelle ,
Elle en avait gardé la mémoire éternelle.
De ses traits languissants la touchante pâleur
D'une immense infortune attestant la douleur,
Rehaussait la puissance et l'éclat de ses charmes.
Elle avait dix-sept ans et connaissait les larmes !.....

Son ame toutefois ouverte à la pitié,
Ne tressaillait encor qu'au nom de l'amitié.
Mais dans tout jeune cœur un feu secret sommeille.
Ce qui dans une rose était bouton la veille
Est fleur le lendemain. Il suffit d'un seul jour,
D'un rayon de soleil ou d'un rayon d'amour;
D'un éclair, d'une étoile au firmament qui brille,
Pour changer toute fleur et toute jeune fille;
Pour voir leurs doux trésors naître, s'épanouir,
Et, presqu'au même instant, passer, s'évanouir!....

Un matin de printemps, à peine réveillée,
Agnès avait senti sa paupière mouillée.
Tout au recueillement l'invitait : un ciel pur
Déroulait à ses yeux son océan d'azur.
La terre, tout émue et comme rajeunie
Épandait sa richesse et ses flots d'harmonie;
Les chantres des forêts, par mille cris d'amour,
Saluaient du soleil le bienfaisant retour :
Les fleurs étincelaient sur la verte prairie.
A cette vue, Agnès se sentit attendrie,
Et, pleurante, elle met une main sur son cœur.
Qui donc fait naître en toi cette prompte douleur?
Tu cherches, mais en vain, dans ta douce ignorance,
Qui peut effaroucher ta craintive innocence.
Ton ame s'interroge et demande comment
A pu surgir en toi ce brusque changement.

Le dirai-je? Une fleur, une rose fanée,
Causait ce vif chagrin, changeait sa destinée;
Agnès aimait. L'amour a sur de jeunes cœurs
L'empire que la nuit exerce sur les fleurs,
Qui, dans un doux repos puisant de nouveaux charmes,
Sont remplis le matin de rosée et de larmes!.....
« Hélas! » s'écria-t-elle, en poussant un soupir,
Et semblant évoquer un vague souvenir.
Mais pourquoi cet élan? Était-il de détresse,
D'espoir ou de regret, de pudeur ou d'ivresse?
Agnès même n'eût pu le dire. Son regard
Humide et languissant s'égarait au hasard
De la voûte du ciel à l'émail des prairies,
Sans que rien altérât ses douces rêveries.
Sa main errait aussi : s'efforçant de saisir,
Par un secret instinct, l'objet de son désir.
Puis, bientôt de sa couche une rose tirée,
Dont le parfum l'avait si long-temps enivrée,
Lui fit, pleine de trouble et de confusion,
De l'état de son cœur la révélation.
Elle baise la rose en disant : « Toi que j'aime,
« Doux et tristes débris, mystérieux emblème,
« Dans quel affreux état te revois-je aujourd'hui?
« Rose décolorée, et sans aucun appui,
« Quoi! la brise du soir et l'aube matinale
« Ne caresseront plus ta pourpre virginale!
« Moi qui m'accoutumais, hélas! à te chérir,

29

« Te verrai-je déjà condamnée à mourir ?

« Quand chacun t'admirait sur ta tige attachée,

« A peine si ma main alors t'a recherchée. (1)

« Aujourd'hui, pauvre fleur, tes restes précieux

« Deviennent un trésor sans égal à mes yeux.

« Mais tu ne mourras point, car le ciel te protége.

« Il ne saurait souffrir un si grand sacrilége ;

« Tu ne t'éteindras pas dans l'éternelle nuit :

« Nos destins sont communs : Dieu seul a tout conduit. »

Dieu s'offre incessamment à toute jeune fille,

Semblable à l'auréole, à la flamme qui brille ,

Au phare protecteur d'un éclat vif et sûr.

Soit que son horizon s'ouvre orageux ou pur,

C'est vers Dieu que d'abord elle lève la tête

Pour obtenir le calme ou braver la tempête ;

Car Dieu tient en réserve un invincible appui

Pour tout cœur ingénu qui s'élance vers lui.

De ce ferme soutien, cette faveur insigne,

Quelle autre plus qu'Agnès se montra jamais digne ?

Rapportant à Dieu seul, par un juste retour,

(1)   . . . . O flowers,

My early visitation and my last,

At even, wich I had bred up with tender hand ,

From the first opening bud, and grave you names !....

MILTON (Paradise lost).

Les premières lueurs de son naissant amour.
Offrant à sa bonté des vœux pleins d'innocence,
Confiante, implorant sa divine assistance,
Elle sentait l'espoir pénétrer dans son cœur :
L'espérance est déjà la moitié du bonheur.

Tel que le matelot qu'une brise légère,
Dans son rapide essor éloigne de la terre,
Voit fuir avec regret, de ses yeux attendris,
Et sa ville natale et ses coteaux chéris ;
Telle Agnès rappelait toujours à sa pensée
Le rêve qui l'avait si doucement bercée.
Sa mère, jusqu'alors son seul et chaste amour,
Elle ne l'aimait plus. Le croira-t-on? un jour,
Une heure, une minute, une fleur, une rose,
En elle avaient produit cette métamorphose!....

Mais ce trouble secret, ce malaise inconnu,
Comment donc en son cœur était-il survenu?

Un jour qu'Agnès courait à travers les campagnes,
Au milieu d'un essaim de rieuses compagnes,
Cherchant quelque sujet digne de ses crayons,
Chantant, cueillant des fleurs, chassant aux papillons ;
Un jeune homme au teint pâle et de douce figure,
Écoutait à l'écart, sous un toit de verdure,

Ces ravissants concerts et ces propos joyeux.
Bientôt il se rapproche et se mêle à leurs jeux.
Étonné tout d'abord de sa brusque présence,
Le pétulant essaim garde un profond silence,
Mais il cesse aussitôt. Toutes, en tournoyant,
Enferment l'inconnu dans un cercle ondoyant;
Et font, dans les transports de leur gaîté charmante,
Autour de l'étranger une prison mouvante.
Il cède en souriant à de si douces lois.
Agnès alors s'avance, et sa flexible voix,
Guidant les pas pressés des nymphes bocagères,
Fait admirer l'effet de leurs danses légères,
Et leurs chants répétés par de nombreux échos.
Au tumulte à la fin succède le repos.
L'inconnu, libre alors, vers un bosquet s'élance;
Et tandis qu'on s'étonne et rit de son absence,
Il revient, et d'Agnès aussitôt s'approchant :
« Permettez-moi d'offrir à la reine du chant
« La reine des jardins. » Il dit, et se retire.
Agnès, en rougissant, le regarde, soupire,
Le suit des yeux confuse, et sent naître en son cœur
Un trouble qui l'étonne et l'émeut de terreur.

Ses compagnes pourtant que le plaisir entraîne,
L'excitent à former une nouvelle chaîne.
Agnès reste immobile et le regard aux cieux,
Insensible témoin de leur appel joyeux.

Mais toutes aussitôt, par mille agaceries,
Combattent sans pitié ses folles rêveries.
Elle s'irrite alors, et va chercher plus loin
Le calme et le repos dont elle a tant besoin;
Mais de changer de place en vain elle s'empresse,
Rien ne peut mettre un terme au tourment qui l'oppresse.

Un jeune homme s'était, par un triste hasard,
Depuis tantôt deux mois, offert à son regard,
Et ce fatal moment a dérangé sa vie!.....
Des traits de l'étranger sans cesse poursuivie,
Elle n'a, pour calmer le trouble de son cœur,
Que les frêles débris d'une fragile fleur:
Car l'objet inconnu de ce tendre délire
Ignore assurément les transports qu'il inspire.

Celle à qui son destin une première fois
Fait subir de l'amour les dangereuses lois,
Se livre tout d'abord au pouvoir de ses charmes,
Sans songer que le rire est souvent près des larmes!....
Mais bientôt à ses yeux de la triste raison
Apparaît le cortège et le froid horizon,
Qui met en fuite, ainsi que des ombres légères,
Le séduisant essaim de ses douces chimères.
Pour l'imprudente alors quel désenchantement!
Échanger le calcul contre le sentiment;
Peser tout à la fois, avec indifférence,

La raison et son cœur dans la même balance ;
Discuter le présent, le passé, l'avenir ;
Perdre jusqu'à l'attrait d'un tendre souvenir !......
C'est alors que, tombant de son trône sublime,
Sa jeune ame entrevoit tout à coup un abîme :
Ne heurtant que ruine et que déceptions
Sous le temple écroulé de ses illusions :
Sans pouvoir découvrir, dans ce cruel naufrage,
Que les flots irrités d'une mer sans rivage !.....

De ces tristes pensers, après un long sommeil,
Agnès vit brusquement assaillir son réveil.
« Pourquoi le tant aimer, dit-elle, quand lui-même
« Et ne me connaît pas, et ne sait si je l'aime?
« A peine a-t-il saisi quelques-uns de mes traits :
« Suis-je sûre d'ailleurs de le revoir jamais? »
A ce raisonnement, elle eût rendu les armes
Si son cœur n'eût été moins épris : et ses larmes
Furent un démenti soudain et solennel
Au doute qui semblait à ses yeux criminel.
Puis, inclinant son front vers la fleur desséchée,
Que toujours dans son sein elle tenait cachée,
D'une voix déchirante et pleine de sanglots :
« Grand Dieu ! secourez-moi ; vous connaissez mes maux.
« Mais ne le plus aimer serait-ce donc possible?
« Mon ame ne peut-être à ce point insensible.
« Serais-je donc ingrate et cruelle envers lui,

« Lui , mon plus doux espoir et mon secret appui ?

« Que ce souffle, Seigneur, plutôt s'évanouisse

« Que de ses traits en moi le souvenir périsse !

« De tout il me tient lieu : c'est mon unique bien ;

« L'aimer pour moi , pour lui, sans qu'il en sache rien.

« De ce cœur, ô mon Dieu ! vous savez l'innocence ;

« De le revoir encor laissez-moi l'espérance :

« Lui parler un instant !..... Et puis , si vos décrets

« Exigent mon trépas : je mourrai sans regrets :

« Je sens ma destinée à la sienne asservie :

« Ne plus l'aimer !..... plutôt renoncer à la vie. »

Elle dit, et soudain dérobe encore au jour

Le tendre talisman de son fidèle amour.

Mais tandis que d'Agnès l'impétueuse flamme

De joie et de chagrin faisait bondir son ame ,

Y jetant et la crainte et l'espoir, ces efforts

En elle de la vie énervaient les ressorts.

Sa touchante beauté, l'éclat de la jeunesse ,

N'étaient plus remplacés que par de la faiblesse.

Ses yeux , naguère encor, d'un charme ravissant,

Laissaient voir un azur et sombre et languissant.

Chez elle la tristesse, érigeant son empire,

En avait aussitôt éloigné le sourire ;

Tout semblait , de son corps épuisant la vigueur,

D'une prochaine fin être l'avant-coureur.

Par un secret instinct, Agnès vit avec joie
Que bientôt de la mort elle serait la proie.
« Encore quelques jours, se dit-elle, et mes maux
« Trouveront dans la tombe un éternel repos.
« C'est le port de salut. D'une frivole crainte,
« A ce suprême instant, me sentirais-je atteinte?
« Non. Jamais en mon cœur ne peut naître l'effroi
« Lorsqu'un ciel toujours pur va s'ouvrir devant moi.
« Pourquoi ne suivre pas la pente inévitable
« Qui m'entraîne? Quittons ce monde périssable.
« Qu'est-ce donc après tout que la mort? un sommeil (1)
« Dont les anges en chœur célèbrent le réveil. »

L'aimable et douce enfant était tout pour sa mère.
Lorsqu'elle vit sa fille, une tête si chère,

---

(1)   *To die, to sleep.*
                    SHAKESPEARE.

Voltaire, dans l'imitation qu'il a faite de l'admirable monologue
d'Hamlet, a ainsi paraphrasé ces mots de l'auteur dramatique anglais :

. . . . Qu'est-ce que la mort ?
C'est la fin de nos maux, c'est mon unique asile ;
Après de longs transports, c'est un sommeil tranquille :
On s'endort, et tout meurt.

(*Dictionnaire philosophique*).

Se montrer d'abord triste et bientôt se flétrir;

Puis, quelques mois après, tout à coup dépérir;

D'un changement si brusque à bon droit alarmée :

— « Agnès, s'écria-t-elle, ô fille bien-aimée !

« D'où vient que tu n'as plus ta gaîté d'autrefois ?

« A peine maintenant tu réponds à ma voix.

« Toi qui jadis étais et folâtre et joyeuse,

« Qui peut t'avoir rendue à ce point sérieuse?

« Tu souffres ; de guérir il est quelque moyen ;

« Mais parle. Qu'as-tu donc? Réponds-moi.—Je n'ai rien. »

Ensuite, elle ajoutait tout bas : « C'est un mystère

« Que je n'ai point le droit de redire à ma mère

« Quand il l'ignore *lui*. » Puis, elle crut avoir,

Par cet arrangement, accompli son devoir;

Et jamais sur ce point, malgré son insistance,

Sa mère ne put vaincre une fois son silence.

C'est alors que de l'art évoquant le concours,

Elle alla d'Esculape implorer le secours.

Mais chacun de ses fils alors brigua la gloire

D'obtenir sur le mal une prompte victoire.

Son siége, suivant l'un, était dans les humeurs :

Selon l'autre, au thorax, sans pouvoir être ailleurs ;

Et tous furent d'avis que les bals, l'exercice,

Feraient de ce malaise une prompte justice.

Agnès, muet témoin de ces discussions,

Approuva leurs discours et leurs prescriptions ,
Feignit d'en ressentir un effet salutaire :
Craignant d'accroître encor les chagrins de sa mère ;
Mais seule elle comprit que les peines du cœur
Peuvent impunément du plus fameux docteur
Défier la pratique et la longue science.
Chez sa mère aussitôt renaquit l'espérance ;
Mais cet heureux état ne dura qu'un moment :
Ce fut comme l'éclair qui luit au firmament.

L'automne commençait, et déjà la froidure,
D'un long manteau de deuil attristant la nature ,
Dispersait à grand bruit la dépouille des bois.
Agnès de cette époque effrayée autrefois ,
Y semblait maintenant tout à fait résignée :
On eût dit la victime au trépas désignée.
Un matin cependant, et malgré la saison ,
Le soleil de ses feux embrasa l'horizon.
Des nuages légers, d'une course rapide ,
Glissaient, éparpillant leur chevelure humide :
Le peuple aérien, trompé par ce beau jour,
Semblait du doux printemps célébrer le retour ;
Agnès se surprenait attentive et ravie
D'entendre saluer ce rappel à la vie.
L'airain religieux, le cri des villageois,

Ce mélange confus d'harmonieuses voix,
Lui rappelaient ses jeux, ses folâtres compagnes,
Leur course vagabonde à travers les campagnes :
Et l'aimable étranger, et ce moment heureux
Où son cœur de l'amour sentit les premiers feux.
A ces doux souvenirs, tout d'abord étonnée,
Agnès s'était bientôt ensuite abandonnée :
Et le bonheur brillait dans son œil attendri.
Elle lève la tête, et fait entendre un cri......
C'était de l'étranger la rencontre imprévue......
Il venait de s'offrir brusquement à sa vue ;
Sans le savoir loin d'elle il dirigeait ses pas.
« Que sert de m'abuser? L'ingrat ne m'aime pas.
« Tandis que pour lui seul je me meurs en silence,
« Voyez-le disparaître avec indifférence!
« N'est-il pas, le cruel, par un arrêt du sort,
« Et l'objet de ma flamme et l'auteur de ma mort?..... »

Agnès suivit long-temps cette charmante image.
Elle sembla bientôt un gracieux nuage,
Puis un point noir...... puis rien..... « Adieu, chère ombre, adieu!
« Te revoir une fois était mon dernier vœu. »
Elle a saisi la rose et s'est agenouillée ;
Puis, sitôt qu'elle l'a tristement effeuillée,
Elle arrête sur elle un douloureux souris :

« Comme toi, pauvre fleur, mon cœur tombe en débris, »
Dit-elle d'une voix éteinte, inanimée :
« Mourir à dix-sept ans, mourir sans être aimée !...... »
Elle croise les bras, jette un regard au ciel,
Et son ame s'élance au sein de l'Éternel...... (1)

---

(1) La mère d'Agnès suivit sa fille au tombeau. Elle mourut un an après elle, et le même jour.

Nota. Le lecteur est prié de croire que cette nouvelle n'est pas un conte.

LA CONSTANCE,

HISTOIRE DU BON VIEUX TEMPS.

Rara avis in terris !
Vertu peu commune en ce monde.
(Traduct. libre de l'Auteur.)

Quel homme , dites-moi, ne s'est jamais vanté
D'être un héros d'amour et de fidélité ,
De constance surtout professeur émérite?
Sur mille il n'est souvent personne qui mérite
Ce titre glorieux et si fort envié.
Nos Céladons du jour ne font-ils pas pitié?
Voyez-vous, en effet, leur cynique franchise
Nous dire que la femme est une marchandise

Qui doit, comme la rente, avoir un prix courant,
Et, dès lors, revenir de droit au plus offrant?
Le principe établi, la conséquence est juste.
Mais, quel homme, entre nous, serait assez injuste
Pour ainsi ravaler avec brutalité
Ce sexe auquel chacun de nous doit la clarté;
Que, sous les noms d'amante ou d'épouse ou de mère,
Tour à tour on adore, on chérit, on révère;
Et qui, nous enlaçant dans des liens dorés,
Fait bénir jusqu'aux fers qu'il nous a préparés?.....
Ces jours où l'art d'aimer était toute une étude,
Que sont-ils devenus? Chaque preux, d'habitude,
Aux pieds d'une inflexible allait gémir dix ans,
Puis il en obtenait........ un baiser!..... Le bon temps!
De vos nobles vertus on a perdu la trace,
O dignes chevaliers! Votre estimable race
S'est éteinte un beau jour sur son terrible écu;
Et c'est vraiment dommage : elle a trop peu vécu.
Ne conclûrez-vous point de là que la constance
Est une qualité de pure circonstance?
Elle est rare, il est vrai. Mais la duplicité
De notre humaine espèce, et la légèreté
Que déploie en tous lieux l'imprudente jeunesse,
Font qu'à son noble culte aucun ne s'intéresse.

La constance! Eh! qui mieux semble pouvoir unir

Le passé, le présent et jusqu'à l'avenir?
Quels souvenirs ce mot sans cesse en nous réveille!
Il rappelle à l'amant sa flamme qui sommeille,
Sur l'objet adoré concentre son ardeur,
Et l'oblige parfois à devenir meilleur.
Elle est là près de lui. Son invisible égide
Le garde de tout mal, l'encourage, le guide,
Lui fait adroitement braver les coups du sort,
Et, malgré les écueils, atteindre enfin le port.
O vous sur qui les ans ont marqué leur empreinte,
Mais dont l'ame n'est pas d'un froid mortel atteinte;
Sans doute il vous souvient de ce temps fortuné
Aux rêves du bel âge, à l'amour destiné,
De ces heures d'oubli, d'heureuse inquiétude,
Où le plaisir pour vous était toute une étude;
De ces transports craintifs, de ces ravissements,
Où, courbés sous le poids de vos enivrements,
D'un amour partagé vous épuisiez les charmes,
Où l'excès du bonheur faisait couler vos larmes;
Il vous souvient encor de ces moments si doux :
Moments furtifs, trop courts, et déjà loin de nous!.....

Constance, amour! chacun ici-bas vous appelle.
Mais où pouvoir trouver un serviteur fidèle?
Et pourtant de vos dons l'insigne possesseur
Peut-il désirer plus puisqu'il tient le bonheur?

Ce que le sage affirme aussitôt il le prouve.
Cette antique maxime est digne qu'on l'approuve :
Aussi, j'arrive au fait; mais ne sois point surpris,
Lecteur, si mes héros ne sont pas de Paris.

Jadis, sur les confins de la Transylvanie......
(Ce nom te semble dur : mal né pour l'harmonie?
Eh! qu'importe? Le nom, après tout, n'y fait rien :
Il faut être d'abord fidèle historien;
Je poursuis). — Rejeton d'une illustre famille,
Le comte Hadick vivait avec sa jeune fille.
Chéri de ses vassaux, éloigné de la cour,
Mathilde était l'objet de son unique amour.
Mais qui d'être adorée était plus digne qu'elle?
De son sexe elle était le plus parfait modèle.
Près d'eux vivait encor Oscar de Rosenthal,
De qui le père avait, par un trépas fatal,
Expié son ardeur et sa rare vaillance
En servant son pays armé contre la France.
Mais, avant de mourir, il avait confié
Oscar aux soins du comte, à sa vieille amitié;
Sûr qu'en abandonnant son fils à sa tendresse,
Il deviendrait plus tard l'appui de sa vieillesse.

Mathilde avec Oscar fut élevée; entr'eux
Tout fut commun : plaisirs, peines, travaux et jeux.

Le comte s'y mêlait quelquefois : sa présence
De leurs joyeux ébats doublait la pétulance ;
Et lui, les observant, voyait avec transport
De leurs goûts ingénus le merveilleux accord :
Cependant que l'amour, au gracieux sourire,
Dans leur ame innocente (1) érigeait son empire.
Il est si doux d'aimer ! Lorsque le doigt du Temps
Avait au front d'Oscar marqué vingt-deux printemps,
Un dix suivi d'un cinq de Mathilde était l'âge.
C'est l'instant où le cœur imprudemment s'engage ;
Où celle qui succombe à ce fatal attrait
Se prépare souvent un éternel regret.
Combien surtout alors une tête si chère
A besoin du regard vigilant de sa mère !
Car, dans ces jours de fougue où les illusions
Épandent leurs trésors de douces fictions,
Que l'amour à ses sens prodigue son ivresse,
Et comme un flot léger lui rie et la caresse ;
Elle, émue à la fois de joie et de terreur,
D'un si nouvel état savourant la douceur,
Croit du sort désormais pouvoir braver l'envie
Puisqu'un rayon d'amour est tombé sur sa vie.

---

(1) On trouvera peut-être étrange cette épithète appliquée à deux personnes de 15 et de 22 ans. Mais il faut se souvenir qu'Oscar et Mathilde ont été élevés à la campagne, et qu'ils sont presque Transyl-vaniens.

Car aimer pour la femme est le souverain bien ;
Ce sentiment pour elle est tout : le reste rien ; (1)
Il jette sur son être une ardente auréole ;
Que s'il la fait souffrir du moins il la console ;
Et toute femme croit, dans le fond de son cœur,
Que sans l'amour pour elle il n'est point de bonheur.

Mathilde ne fut pas de ces périls atteinte.
Elle put se livrer à ses transports sans crainte.
Hadick encourageait ce tendre et chaste feu ;
Et ce qu'un père approuve est approuvé de Dieu.

Déjà des deux amants la foi s'étant donnée,
Ils allaient voir leur flamme à l'autel couronnée,
Quand de prochains combats le triste avènement
Les força d'ajourner ce fortuné moment.

Un antique décret de la vieille Hongrie
Veut que tout citoyen apporte à la patrie
L'appui de ses talents, la force de son bras.
Dans ces jours solennels on voit peuple, magnats,

---

(1)   .... *The dream of life, from morn till night,*
        Is love...... still love !

                    BYRON.

    L'amour ! ce rêve éternel de la vie !
                    (*L'Auteur.*)

Se ranger tout à coup sous la même bannière,
Et d'un rapide élan courir à la frontière.
Rosenthal le premier voulut, avec raison,
Soutenir dignement l'honneur de sa maison;
Mais Mathilde pensait, invoquant sa mémoire,
Qu'une tombe souvent se cache sous la gloire....

Cependant, par trois coups l'airain a résonné.
Aussitôt le signal du départ est donné.
Mathilde, en cet instant, sous un air d'assurance,
Cache l'effroi qu'excite en elle cette absence :
Cherchant à s'étourdir sur les nombreux hasards
Réservés par le sort aux favoris de Mars.
Mais à peine d'Oscar a disparu l'image,
Qu'elle sent en son cœur s'éteindre tout courage;
La crainte lui succède, et ses vives douleurs
S'exhalent aussitôt en longs ruisseaux de pleurs.

Son père cependant, par sa douce parole,
Tâche de la calmer; mais rien ne la console;
Elle fuit, et lui jette un regard de froideur :
Tant l'amour a laissé de traces dans son cœur !

« Le bruit court que, cédant aux attraits de la gloire,
« Oscar a tout à coup enchaîné la victoire;

« Mais que par l'ennemi trop vivement pressé,

« Il dut céder au nombre :...... on dit qu'il est blessé. »

Mathilde, en apprenant cette affreuse nouvelle,

Croit soudain voir la mort se dresser devant elle :

« Quels sont ces crêpes noirs, ce terrible appareil?

« Rêvé-je pas? Mais non : ce n'est point le sommeil....

« C'est Oscar! Pourquoi donc m'abuser d'avantage?

« Il est là, mon amant! voyez-vous son image?

« Mais il ne peut marcher; son sang coule.... O terreur!. .

« Ah! pour moi désormais il n'est plus de bonheur ! »

Sur un siége, à ces mots, elle tombe affaissée.

Soudain, de serviteurs une foule empressée,

S'élance, et (de l'amour tant est grand le pouvoir!)

Dans son ame abattue a fait rentrer l'espoir.

Cependant, un malaise, une ardeur qu'elle ignore,

Éclate dans son sein, sourdement la dévore;

Et, malgré l'art, toujours par dégrés s'accroissant,

Va rendre le secours d'Esculape impuissant.

Chacun, en tressaillant d'espérance et de crainte,

Contemple du fléau la redoutable étreinte :

On ne connaissait pas le remède inventé

Par Jenner, ce héros de notre humanité.

Elle guérit pourtant ; mais son charmant visage
Conserva du fléau l'irréparable outrage.
Ses traits, étincelants d'éclat et de fraîcheur,
N'offrirent plus dès lors qu'une affreuse laideur.
Mathilde en les voyant frémit : l'infortunée
Sentait en un instant briser sa destinée ;
Elle appela la mort : et la religion
Put mettre à peine un terme à son affliction.
Pensive, elle disait les yeux remplis de larmes :
« Insensé qui se croit à l'abri des alarmes ;
« Qui veut dans son orgueil posséder le bonheur,
« Qui croit que le plaisir est loin de la douleur ;
« Que ce matin des ans, qu'on nomme la jeunesse,
« Est un enchaînement et de joie et d'ivresse !
« Oscar bientôt lui-même en ce lieu paraîtra ;
« A peine alors, à peine il me reconnaîtra.
« Lorsque, perçant les flots d'une foule idolâtre,
« J'irai de son triomphe agrandir le théâtre,
« Qui sait s'il ne punit d'un regard dédaigneux
« La ruine vivante étalée à ses yeux ?
« Car a-t-il pu nourrir un moment la pensée
« De voir de mes attraits la splendeur éclipsée ?
« Cette triste beauté, naguère son orgueil,
« Sans doute de ses feux va devenir l'écueil.
« Imprudentes, hélas ! toutes tant que nous sommes !
« Pourquoi donc rechercher les hommages des hommes
« Quand le moindre accident peut détruire en un jour

« L'édifice léger de leur volage amour !

« Et pourtant jusqu'ici la perte de mes charmes

« N'avait pas en mon sein fait naître tant d'alarmes...

« Mais pouquoi m'égarer en regrets superflus ?

« Que sert de m'abuser ? Il ne m'aimera plus.

« Pourquoi l'accuserais-je ? Est-il donc un parjure ?

« Jamais son cœur au mien a-t-il fait une injure ?

« Et lorsqu'il a pour Mars abandonné nos bords,

« La beauté sur mon front épandait ses trésors.

« Elle n'est plus. Pour moi doit-il rester le même ?

« Cependant, ô mon Dieu, vous savez si je l'aime ;

« Si mon être à son sort étroitement lié,

« Ne se fût, au besoin, pour lui sacrifié.

« S'il doit me repousser, je sens tout mon courage

« S'ébranler et frémir devant un tel outrage ;

« Car je suis fière aussi !.... Quel que soit mon destin,

« La mort, Seigneur, la mort plutôt que le dédain !... »

Elle dit : sur son front un rapide nuage

S'étend, et de ses sens lui vient ravir l'usage.

Le comte s'en effraie : et ses tendres efforts

Raniment de la vie en elle les ressorts.

Mais à peine Mathilde a revu la lumière,

Que des pleurs abondants inondent sa paupière :

« Cher auteur de mes jours, votre ardente bonté

« Une seconde fois me rend à la clarté.

« Mais ce don qui pour vous m'émeut de gratitude,
« M'a rendu mes tourments et mon inquiétude.
« Si le ciel me condamne à vivre loin de *lui*,
« N'eûssé-je pas mieux fait de mourir aujourd'hui? »

De son père la douce et touchante parole
A Mathilde offre en vain cet espoir qui console;
Elle reste impassible, et sent que désormais
Tout repos dans son cœur est éteint pour jamais.

Un jour a du manoir vu rompre le silence.
D'hommes et de coursiers un cortège s'avance :
C'est Oscar. — « Est-ce toi, Mathilde? » A ces accents,
La joie et la terreur ont envahi ses sens.
Elle cache aussitôt de ses mains sa figure,
Voulant d'un mal affreux lui dérober l'injure.
— « Cher Oscar, cria-t-elle, en entendant ses pas,
« Fuis ce terrible lieu, fuis : ne m'approche pas.
« D'un cruel accident, inévitable proie,
« J'ai perdu ma beauté, ton orgueil et ma joie.
— « Se peut-il?.. — Je n'ai plus à t'offrir que mon cœur.
— « Mais regarde-moi donc : te fais-je pas horreur? »
Elle lève les yeux, l'envisage éperdue....
Un coup de feu venait de lui ravir la vue!
Tremblante, elle s'écrie, en tombant à genoux :
— « Soyez béni, Seigneur, il sera mon époux! »

Bientôt, naquit pour eux cette heureuse journée
Qui vit étinceler les flambeaux d'hyménée.

Si le bonheur jamais apparut ici bas,
Qui mérita plus qu'eux d'en goûter les appas?
Mathilde près d'Oscar, active sentinelle,
Fut de ses pas dès lors la compagne fidèle,
Un guide tendre et sûr, dont les aimables soins
Devinent ses désirs, préviennent ses besoins.

Un voile, qui s'étend sur son jeune visage,
Dérobe de ses traits à tous les yeux l'image.

Non que pour son amour jamais son noble cœur
Puisse en rien redouter l'effet de la laideur;
Mais elle craint (qui peut condamner ces alarmes?)
Qu'un mot, en révélant la perte de ses charmes,
Ne jette, à son insu, sans ce léger abri,
Quelque nuage au front d'un être si chéri.

V.

LA MORT DU DUC D'ORLÉANS.

—

ÉPISODE

DE L'HISTOIRE DES DUCS DE BOURGOGNE.

— 1407. —

DÉDICACE.

O femme, ange, démon, séduisante syrène,
En vain on veut te fuir, vers toi tout nous ramène.
Tout offre, il faut le dire avec sincérité,
Un exemple frappant de cette vérité.
« Arrière, sexe faux, de changement avide,
« Rusé, vindicatif, impétueux, perfide!.... »
Ces noms qu'en son dépit, te prodigue un amant,
Sont-ils justes, ont-ils le moindre fondement?
Un regard de tes yeux, un seul mot de ta bouche,
Vont faire à cet ingrat quitter son air farouche;
Et tu verras bientôt le coupable attristé,
Recourir une fois encore à ta bonté;
Heureux de se livrer au penchant qui l'entraîne,
Reprendre avec transport son adorable chaîne;
Et venir à tes pieds, plein d'un noble abandon,
De sa cruelle erreur implorer le pardon.

LA MORT DU DUC D'ORLÉANS.

—

ÉPISODE

DE L'HISTOIRE DES DUCS DE BOURGOGNE.

— 1407. —

I.

ARGUMENT.

Le duc d'Orléans. — Son portrait. — Sa passion pour les femmes. — Le
peintre, l'épouse et l'amant. — Clotilde de Canny. — Sa beauté.
— Amour partagé. — Projet de Louis. — Effroi de Clotilde. — Le
mari juge. — Son admiration. — Terreur du modèle. — Gaîté du
prince. — Évanouissement de Clotilde.

L'astre brillant du jour, de ses clartés mourantes
Dorait du vieux Saint-Pol (1) les flèches menaçantes,
Et semblait à regret fuir ce charmant séjour.
Là, dans les voluptés, sous les feux de l'amour,

(1) L'hôtel Saint-Pol, demeure du duc d'Orléans, situé dans le
quartier actuellement dit de l'*Arsenal*, près de la rue de Sully, et en
face de l'île Louvier.

D'un prince s'éteignait l'héroïque courage.
Louis, duc d'Orléans, avait tout en partage :
Esprit, beauté, savoir (1). Il était fils de roi,
Frère de Charles six; mais en amour sans foi.
Ennemi déclaré du joug du mariage,
Quoiqu'époux, il portait en tous lieux son hommage ;
Et de nombreux exploits le succès attachant
Venait encourager son criminel penchant.
Des dames de la cour les phalanges titrées,
Briguant l'insigne honneur de s'en voir adorées,
Sans cesse l'attaquaient de leurs tendres soupirs (2).
Le duc, jeune, emporté par l'attrait des plaisirs,
De Valentine absente (3) oubliait tous les charmes.
Elle, naïve, bonne, heureuse, sans alarmes,
Confiante au serment qui les liait tous deux,
Ignorait de Louis les trop coupables feux.

Dans un secret réduit de cet hôtel immense
Où tout, resplendissant de luxe, d'élégance,
S'offrait sous mille aspects aux regards éblouis,

(1) « Il était aimable, agréable et doux dans ses manières : son lan-
« gage était facile et séduisant. Il savait s'entretenir mieux qu'aucun
« prince avec les docteurs et les hommes habiles des conseils du roi. »
— (DE BARANTE, *Histoire des Ducs de Bourgogne*).

(2) *Chronique du Religieux de Saint-Denis.*

(3) Valentine de Milan, femme du duc. Elle était cordialement dé-
testée par la reine, Isabeau de Bavière, et pour cause, ainsi qu'on le
verra plus bas.

Trois personnes : un peintre, une femme et Louis,
Des heures paraissaient oublier la durée.
Sur son haut chevalet une toile encadrée
Du peintre et de Louis fixait l'attention.
Le duc, ivre de joie et d'admiration,
Prodiguait la louange au peintre, et son génie
D'un admirable ouvrage achevait l'harmonie ;
Conciliant ainsi, par un heureux hasard,
Les suffrages du prince et l'amour de son art.

Sur une couche d'or et de pourpre tendue,
La femme reposait mollement étendue.
De son front, de sa bouche un masque de velours
Cachait coquettement les gracieux contours.
Sur deux cercles égaux l'opale chatoyante
Ceignait de bras captifs la forme ravissante ;
Son col étincelait du feu des diamants
D'un aussi bel ensemble orgueilleux ornements.
Sur son corps s'étalaient, parure fantastique,
Les replis ondoyants d'une blanche tunique (1).
Une écharpe d'azur, aux reflets nuageux,
L'enlaçait : une rose, entourant ses cheveux,
La faisait ressembler à ces nymphes charmantes
Des bosquets de Paphos volages habitantes (2).

(1) Voir les auteurs déjà cités.
(2) Cette femme était celle d'Aubert le Flamenc, seigneur de Canny,

Paris était alors un séduisant séjour.

D'Orléans y tenait une brillante cour,

Où les femmes, marchant de conquête en conquête,

Des sages et des fous faisaient tourner la tête ;

Mais chacun proclamait avec sincérité

Clotilde de Canny reine de la beauté (1).

Louis l'aima ; Clotilde à ses vœux fut sensible :

Car ne le pas aimer était chose impossible (2).

Le peintre était, selon le langage du temps,

Pourtraicteur de la cour. Par ses rares talents,

Par sa discrétion, son cœur naïf, honnête,

---

chambellan du duc. « Son maître avait séduit sa femme ; et l'on racon-
« contait que, par une impudique raillerie, il la lui avait montrée toute
« nue, ne lui cachant que le visage, et le faisant juge de la beauté de
« sa femme. » — (De Barante.)

L'auteur de cet épisode n'a point cru déroger à l'histoire en enveloppant la vérité du voile de la pudeur.

(1) Madame de Canny passait pour une des plus belles femmes de
son temps.—Voir, en outre, pour plus de détails, 1° Monstrelet ; 2° la
Chronique du Religieux de Saint-Denis ; 3° Juvénal des Ursins.

(2) Le duc d'Orléans eut d'elle un fils nommé Jean, que, selon Juvénal des Ursins, Valentine de Milan aimait à l'égal des siens, et faisait élever avec le plus grand soin. Par fois, le voyant plein d'ame et de
vigueur, elle disait qu'il lui avait été dérobé, et qu'aucun de ses enfants
à elle *n'était si bien taillé à venger la mort de son père.* Cet enfant fut
connu plus tard sous le nom du *comte de Dunois* ou du *Bâtard d'Orléans,* et joua, comme on sait, un grand rôle sous Charles VII.

Du prince il avait fait aisément la conquête.

Le tableau terminé, le duc, d'un long regard,

Lui fait signe, et lui dit, en le prenant à part :

— « Maître Énéas, avant de lever la séance,

« Il serait à propos que de la ressemblance

« Un juge fût choisi plus compétent qne moi.

— « Seigneur, votre désir est ma suprême loi.

— « Bien ; mais pour décider cette importante affaire ,

« Un autre personnage est ici nécessaire :

« Un parfait connaisseur. Mais qui choisirons-nous ?

« Car il nous faut quelqu'un digne de moi...... de vous ?

— « Monseigneur est trop bon, et ma reconnaissance......

— « Je l'ai trouvé, » dit-il avec indifférence.

Il se penche, tout bas lui parle : à cet arrêt,

Le peintre s'inclinant salue et disparaît.

Lors Clotilde à Louis, d'une voix caressante,

Qu'un désir curieux rendait plus séduisante :

— « Pourquoi donc tous les deux vous parliez-vous si bas ?

« Ce discours vous offrait sans doute mille appas ;

« Il a duré long-temps. — Tu ne sais pas, ma chère,

« Tu ne devines point ce que nous allons faire?

— « Non, dit-elle, en levant sur le duc ses beaux yeux.

— « Une idée excellente, un trait délicieux !......

« Or, écoute-moi bien. Lorsqu'on peint une belle,

« L'auteur fait comparer la copie au modèle,

« C'est l'usage ; et choisit un tiers indifférent

« Qui de son œuvre soit le sincère garant.

« Je veux qu'un connaisseur à ton charmant visage

« Rende, sous peu d'instants, un véridique hommage.

— « Quoi! seigneur, en ces lieux! Mais vous n'y songez pas!

— « Ici même, en regard du tableau d'Énéas.

— « Mais vous m'épargnerez cette douleur extrême ;

« Ne respecte-t-on pas la femme que l'on aime !

« Cédez à ma prière...... On me reconnaîtra.

— « Sous ton masque?..... De rien l'on ne se doutera.

« Énéas qui cinq jours sous ses yeux t'a tenue,

« Malgré tout son désir t'a-t-il donc reconnue?

— « Un autre plus que lui peut être clairvoyant.

— « Erreur; car tu sauras qu'en homme prévoyant

« J'ai fait choix de quelqu'un qui, sur cette matière,

« Peut, sans crainte pour toi, jeter pleine lumière.

— « Et qui donc jouira de ce bonheur si doux?

— « Sire Aubert de Canny. — Juste ciel! mon époux!....

— « Lui-même. » Tout à coup, une pâleur livide

Remplace de son front l'éclat pur et limpide.

Tremblante, et d'une voix que glace la terreur :

— « Le sire de Canny! qu'ai-je entendu, seigneur?

— « Bientôt, maître Énéas va l'offrir à ta vue.

« Comprends-tu le piquant d'une telle entrevue?

« Est-il juge meilleur et plus judicieux?

— « Ce que vous dites-là, monseigneur, est affreux!

« Et quoi! pour un caprice, une fatale envie,

« Détruire sans retour le bonheur de ma vie!....

« Mais vous ignorez donc ce que, dans son courroux,

« Le sire de Canny peut ourdir contre nous ?

« Vous ne savez donc pas que sa rage jalouse

« Sacrifierait amis, parents, amante, épouse,

« Que lui-même, au besoin, périrait avec eux ?

— « Quoi! ma chère, vraiment, vous aurez peur? Tant mieux!

« Du trouble, de l'effroi! ce sera dramatique!...

« Vive Dieu! J'ai toujours aimé le pathétique!

« Reprenez votre place, et surtout n'allez pas

« Prolonger plus long-temps ces frivoles débats,

« Car d'Aubert tout-à-l'heure aura lieu la venue.....

« A moins que préférant en être reconnue,

« Sans masque........ — Quoi! vouloir m'immoler sans pitié!

« Faire ainsi sans pudeur outrage à l'amitié, »

Dit-elle, en murmurant d'une voix défaillante.

— « La scène n'en sera que plus intéressante.

« Mais trève au sentiment. On frappe...... calmez-vous :

« Voici maître Énéas suivi de votre époux. »

Après s'être assuré, par un coup d'œil rapide,

Que Clotilde, à l'abri de sa flexible égide,

Ne pouvait se trahir : — « Entrez, maître Énéas, »

Lui cria-t-il, « et vous qui précédez ses pas,

« Aubert, voyez!...... » Soudain, il découvre à leur vue

Et la toile et la femme auprès d'eux étendue.

— « Est-ce une vision ou la réalité? »

Dit Aubert, le regard de surprise exalté,

Et comme subjugué par un puissant délire

Le duc : — « C'est le modèle et son portrait, messire.

« Je tiens sur l'un et l'autre à votre sentiment.

« Examinez à l'aise, et dites franchement

« Votre avis sur chacun. Personne, que je pense,

« Ne vous reprochera le péché d'ignorance.......

« On connaît vos talents ; plus d'un en est jaloux.

« La femme, tout d'abord, comment la trouvez-vous ?

— « Adorable, divine ! et n'ai vu de ma vie

« Rien de pareil.—Vraiment ! — Que je vous porte envie !

« Vous êtes un mortel bien heureux, monseigneur ?..... »

Le duc, dissimulant un sourire moqueur :

— « La toile maintenant, Aubert, que vous en semble ? »

De Canny l'examine, en observe l'ensemble ;

Puis, lorsqu'il a vingt fois son regard reporté

De la beauté réelle à la feinte beauté,

Et fait de toutes deux une longue analyse,

Il témoigne soudain au peintre avec franchise

Son admiration, et quitte avec regret

L'adorable inconnue et son charmant portrait.

Aussitôt de Louis l'ame long-temps captive

S'échappe en vifs accès de gaîté convulsive.

Clotilde, démasquant son front plein de terreur :

— « Vous êtes, j'en conviens, intrépide joueur.

« Personne, mieux que vous, ne saurait, quoi qu'on dise,

« Revendiquer l'honneur d'une folle entreprise ;

« Nul ne peut torturer plus agréablement

« Le malheureux objet de son attachement.

— « Le plaisir est doublé par le péril, ma chère.

— « Oui, lorsqu'on n'en meurt pas.—Pour cette fois , j'espère

« Que nous n'en mourrons point.—Trop tôt ne parlez pas.

« Si jamais quelque jour, soit par maître Énéas ,

« Soit par toute autre voie un soupçon allait naître ;

« Si jamais mon époux parvenait à connaître ;.......

« Non , tout votre pouvoir ; rien , non rien , monseigneur,

« Ne saurait m'affranchir de sa juste fureur.

— « Eh quoi ! de tels pensers pouvez-vous être atteinte ?

« Clotilde, au nom du ciel, bannissez toute crainte ,

« Lorsque notre horizon s'ouvre si radieux.......

« Pour moi, j'aurai toujours présent devant mes yeux ,

« De ce digne Canny l'excellente figure ;

« Son air grave, ébahi seront, je vous le jure ,

« Un remède infaillible à mes sombres humeurs. »

Son amante sourit à ces propos railleurs ;

Mais de cruels remords incontinent saisie,

Elle tressaille et tombe et sans force et sans vie.

On eût dit que le ciel, par un juste retour,

Voulait qu'elle expiât son criminel amour.

Le duc s'éloigne alors par une fuite prompte :

Craignant le désespoir pour elle après la honte.

II.

ARGUMENT.

— Un chambellan au quinzième siècle. — Aubert de Canny. — Ses
fonctions près du duc d'Orléans. — Passion malheureuse d'Aubert
pour sa femme. — *Salon des portraits*. — Sa destination. — Le
numéro vingt-sept. — Le page curieux. — Sa découverte. — Fureur,
hésitation, angoisses d'Aubert. — *Fête des portraits*. — Résolution
d'Aubert. — Scène d'ivresse. — Trahison avérée. — Imprécations.
— Le numéro vingt-huit. — Joie d'Aubert. — Ses projets.

Aubert du prince était le premier chambellan.
De son zèle éprouvé l'affectueux élan
Du duc lui mérita l'entière confiance.
Des services réels, en mainte circonstance,
L'avaient fait parvenir à ce poste envié.
Le prince l'honorait d'une étroite amitié.
Il était, on l'a vu, dans ses mœurs peu sévère.
De ses galants exploits d'abord dépositaire,
Le chambellan devint plus tard, pour son malheur,
Des plaisirs de Louis commode pourvoyeur.

Bien qu'en ces fonctions il mît plus de faiblesse
Que d'immoralité, sa honteuse souplesse
Lui devait tôt ou tard faire aussi partager
Les torts qu'à tant d'époux il allait infliger.
Il est un sentiment d'éternelle justice ;
Et Dieu ne permet pas que l'on s'en affranchisse.
Cependant, il fallait de sa punition
Que le coupable même eût la conviction.
De Canny chérissait éperdûment sa femme.
De soins et de présents il accablait la dame,
Et pensait, en retour, posséder seul son cœur ;
Mais il n'en essuyait qu'un étrange froideur.
Lui, cependant, croyait, pour calmer sa misère,
Que Clotilde, faisant à tous les cœurs la guerre,
Traitait le genre humain plus froidement encor ;
Et, semblable à l'avare, il couvait son trésor.

Après avoir long-temps éprouvé son silence,
Le duc lui confia l'unique surveillance
D'un lieu par lui nommé *le salon des portraits*. (1)
Les femmes de la cour dont les brillants attraits
Au royal séducteur avaient rendu les armes,
Sur la toile y venaient déployer tous leurs charmes ;
Et dans le même endroit il avait réuni

_____

(1) Historique. Voir les auteurs déjà cités.

A la reine Isabeau Madame de Canny.
Le pauvre chambellan, selon l'ancien usage,
Eut ordre de fixer cette dernière image
A sa nouvelle place, au numéro vingt-sept.
Lui, tout préoccupé d'un si charmant objet,
Cherchait à découvrir le nom de cette belle
Que la veille il avait comparée au modèle.
En mille sens divers la toile il retournait,
S'efforçant mais en vain de découvrir un trait,
Un signe : et maudissant, dans sa déconvenue,
La masque qui cachait l'adorable inconnue.

Dans ces vagues pensers s'égarait son esprit,
Lorqu'en tournant la tête à ses regards s'offrit
Olivier, de Louis le plus aimable page,
Qui, jeune et curieux comme on l'est à son âge,
Du sire de Canny remarquant l'embarras,
Avait d'un pied furtif accompagné ses pas.
Mais soudain, rencontrant un visage sévère,
Tout son corps tressaillit d'un trouble involontaire.
— « De me suivre en ces lieux je t'avais défendu ;
« Que viens-tu faire ici ? — Je n'ai point entendu.
— « Tu vas entendre alors !.. — Pardon, pardon, messire.
« C'est.... j'ai mal entendu, Seigneur, voulais-je dire.
« Laissez-moi voir un peu ; » puis, entrant tout-à-fait :
« Je ne toucherai rien, je vous le jure. — (Au fait,

« Il est trop tard ; d'ailleurs, il ne peut pas comprendre......

« Ne doit-on pas céder ce qu'on ne peut défendre ?

« Il faut être indulgent pour ce charmant vaurien :

« Puis le prince, après tout, n'en saura jamais rien.)

« Entre ; mais sois discret. — Mon Dieu ! la belle armoire,

« Les beaux meubles !.. Où suis-je ? — Ami, c'est *l'oratoire* (1)

« De Monseigneur le duc. — Ah ! tant mieux ! mais vraiment,

« Rien ne m'émeut ici d'un saint recueillement.

« Et ces riches tableaux ? — Ce sont, je l'imagine,

« Les tantes et les sœurs de dame Valentine.

— « Oui : vous avez raison : car ce dernier paraît

« De la reine Isabelle (2) indiquer le portrait :

— (« Dieu ! le drôle, poussé par un mauvais génie,

« De la collection ferait la litanie

« Si l'on n'y mettait ordre ?...) — Ah ! Seigneur, celle-ci

« De dame Valentine est la parente aussi ?

— « Sans doute ; mais sortons. — Cette tunique blanche,

« Enroulée à longs plis sur sa taille qui penche,

« Cette écharpe d'azur ne ressemblent pas mal

« A celles que portait à votre dernier bal

« Madame de Canny. » Ces mots qui de l'enfance

Peignaient l'insoucieuse et naïve innocence,

Devinrent pour Aubert comme un coup de poignard.

---

(1) Historique. — Ce *salon des portraits* passait en effet pour *l'o-ratoire* du duc d'Orléans. Voir les auteurs déjà cités.

(2) Isabelle ou Isabeau de Bavière, reine de France, épouse de Charles VI.

Il jette sur la toile un rapide regard
Et pâlit : car soudain une affreuse lumière
Dans son ame éperdue a jailli toute entière ;
Il tremble : et ses genoux se dérobant sous lui ,
Contre le mur voisin vont chercher un appui.
Ce trouble si subit émeut le jeune page.
— « Qu'avez-vous ? lui dit-il. — Ce n'est rien : un nuage,
« Un éblouissement.... N'en prends aucun souci.
« Je suis mieux ; mais il faut que je demeure ici.
« Retire-toi. » Le page obéit , mais soupire ,
D'abandonner un lieu dont le charme l'attire.
Aubert rentre aussitôt, et redoute en secret
De lire sur ces murs un implacable arrêt.

D'abord sur tous les points de ce muet asile
Son regard hébété s'étendit immobile ,
Et tout confusément venait frapper ses yeux.
Bientôt tout s'éclaircit ; et le masque odieux ,
Et l'écharpe d'azur et la blanche tunique ,
D'un adultère amour témoignage authentique,
Se dressant devant lui , fantôme accusateur,
Firent naître en son ame une atroce fureur :
— « Le page avait raison dans sa jeune ignorance.
« Voilà bien le tissu , le dessin , la nuance.
« Et moi qui n'ai pas vu , dans mon aveuglement,
« De tant de trahisons l'affreux enchaînement !....
« Ridicule témoin , ma tendresse abusée

« Long-temps leur a servi sans doute de risée !

« Là, le duc, Énéas, Madame de Canny,

« Et moi, devant eux tous, moi, son époux, honni!!!....

« Mais non : cet enfant rêve et je rêve moi-même.

« Clotilde m'est fidèle : elle est sage, elle m'aime ;

« Et jamais dans son cœur le devoir combattu

« N'a fait un seul instant chanceler sa vertu.

« Le duc est étourdi, libertin : je le blâme ;

« Mais ce n'est pas un lâche, un perfide, un infâme ;

« Il n'est pas dans le vice à ce point affermi,

« Qu'il fasse un tel outrage à son meilleur ami.

« Non. Louis d'Orléans ne fut jamais un traître.

« Cette écharpe pourtant que je crois reconnaître...

« Mes yeux par l'apparence auront été surpris :

« N'allons pas nous forger des tourments à ce prix. »

Du boudoir, à ces mots, il s'élance au plus vite,
S'efforçant d'étouffer ses terreurs dans la fuite ;
Presque honteux d'avoir, par un oubli cruel,
Nourri contre sa femme un soupçon criminel.

L'époux infortuné, dans son erreur extrême,
Croyant n'avoir plus rien à craindre pour lui-même,
D'un perfide repos savourait la douceur ;
Paraissant oublier, hélas ! que le bonheur

Disparaît pour toujours lorsque la jalousie
Du cœur d'un malheureux s'est à peine saisie :
Mal qui se rit de tout, et va toujours croissant ;
Contre qui tout remède échoûrait impuissant :
Reptile au noir poison, vautour inévitable ;
Spectre qui s'attachant aux traces d'un coupable,
Pour le mieux désoler semble vouloir unir
Du passé les tourments à ceux de l'avenir !

Mais cette douce paix, si long-temps désirée,
Ce repos apparent n'eut aucune durée ;
Et bientôt dans son cœur le sire de Canny
Vit rentrer le serpent qu'il en croyait banni.
Alors, pour découvrir le secret de sa femme,
Son esprit inventif ourdit plus d'une trame ;
Epia, profitant des plus simples hasards,
Ses démarches, ses mots, ses gestes, ses regards ;
Afficha pour le duc de feintes prévenances,
En obtint en retour de douces confidences :
L'honneur de nouveaux droits à son intimité.
Mais malgré les efforts de sa ténacité,
Pour surprendre un aveu contraint ou volontaire,
Jamais il ne parvint à percer le mystère
Qui faisait de sa vie un éternel tourment.
Son cœur enfin s'émut d'espérance au moment
Où le cruel démon, cause de sa détresse,

Sans doute par l'effet d'une fatale adresse,
Fit briller à sa vue une horrible clarté ;
Lui montra son malheur dans sa réalité,
Lui prouva qu'il devait rompre avec l'indulgence,
Et n'avoir désormais recours qu'à la vengeance.

De ses galants exploits continuant le cours,
Le prince poursuivait de nouvelles amours,
Et de Clotilde encor se souvenait à peine,
Grâce aux distractions de toute une semaine.
Depuis deux jours une autre avait touché son cœur,
Qui toutes les passait en richesse, en grandeur.
Le duc, enorgueilli de sa belle conquête,
Lui réserva l'honneur d'une pompeuse fête,
Qu'il décora du nom de *Fête des portraits* (1).
Lui-même il en voulut surveiller les apprêts.
De Canny le premier reçut la confidence
De ce nouveau projet. Il fut chargé d'avance
D'en suivre les détails et l'exécution.
Sans peine il y donna son approbation,
Loin d'éclairer le duc sur cette inconvenance,
Sur ses nombreux périls, sur son extravagance :
Comptant trouver enfin, dans ces nombreux plaisirs,
L'affreuse vérité, but de tous ses désirs.

(1) Voir les auteurs précédemment cités.

Afin de mieux pouvoir pénétrer le mystère
Qui l'obsède sans cesse, il prétexte une affaire :
Obtient de s'absenter quelques instants le soir.
Puis soudain à Clotilde il va faire savoir
Que par le duc elle est ce jour même attendue.
Il désirait l'y voir exactement rendue
Avant la dixième heure ;.... et le duc espérait
Que sa rare beauté sans peine éclipserait
Des beautés de la cour le bizarre mélange.
Une femme est toujours sensible à la louange ;
Mais d'un prince qu'on aime elle a bien plus de prix !
Le chambellan certain d'avoir été compris,
Par de sombres couloirs, une porte secrète,
Se hâta de gagner sa nouvelle retraite ;
Et dans un long supplice, à l'égal de la mort,
Attendit le moment de connaître son sort.

De son cœur oppressé la fougueuse cadence
Long-temps seule du lieu vint rompre le silence.
Enfin le bruit confus d'harmonieux accords,
Du bal avant-coureurs, emplit les corridors.
Le duc, accompagné d'une brillante escorte,
Lui-même vint ouvrir la ténébreuse porte.
— « C'est ici, » leur dit-il en entrant le premier.
Et chacun d'admirer et de se récrier
Sur le choix du boudoir : son luxe, sa richesse.

Tous, livrés·à l'accès d'une bruyante ivresse,

Allaient produire au jour ces noms mystérieux,

Quand soudain un rideau les dérobe à leurs yeux.

— « Messires, dit le duc, un peu de patience,

« Et vous aurez bientôt entière jouissance.

« Nous allons procéder par ordre s'il vous plait ;

« Chacun s'en trouvera, je pense, satisfait.

« On peut des corridors facilement entendre

« Annoncer les beautés qui vont chez moi se rendre.

« Or, messires, je crois qu'il faut qu'un d'entre vous

« Reste dans ce passage, et revienne vers nous

« Répéter chaque nom proclamé par mes pages.

« Lors, je découvrirai ces charmantes images,

« Et vous en jugerez. — Le projet est plaisant :

« On ne pouvait trouver rien de plus amusant.

— « Sire de Boisbourdon, restez en sentinelle,

« Et vous nous redirez le nom de chaque belle.

— « Aux dames nous allons faire la chasse ; moi,

« Je signale le cerf. — Fort bien ! — Et, quant à toi,

« Tu lâcheras, Gaston, les chiens sur cette bête....

— « Dont on pourra bientôt vous rapporter la tête.

— « Alors nous sonnerons tous en chœur l'hallali.

— « A merveille ! — Bravo ! — Bien trouvé ! — Très joli !...

— « La duchesse de Blois ! — La petite Yolande ?....

« Regardez son portrait.... La perte n'est pas grande.

— C'est bien elle vraiment ! — Ne remarquez-vous pas

« Cette affreuse rougeur qui nuit à ses appas ?

« Conquête sans esprit : jeune femme enchaînée

« A vieil époux : partant, à périr condamnée

« De langueur et d'ennui !.... — Duchesse d'Aiguillon !

— « Cette seconde a droit à votre attention.

« Elle m'a, j'en conviens, coûté beaucoup de peine.

« Prude !.... Mais qui céda le jour même où la Reine

« La fit dame d'honneur.... — Ah ! charmant, merveilleux !»

Et ce nom fut couvert de mille cris joyeux.

Tous qu'excitait le duc sur cette ample matière,

A leurs mordants propos donnaient pleine carrière.

— « La duchesse d'Etampe ! — Oh ! quant à celle-là,

« Elle ouvre le cortège, et devait, pour cela,

« De la collection avoir la présidence.

— « Elle est fort belle. — Eh ! oui ; mais c'est une innocence,

« (Bien qu'elle n'ait encor que vingt-quatre printemps),

« Au pillage, messieurs, depuis près de dix ans.

« A quiconque la veut, pour moi je l'abandonne,

« Et ne la ravirai, je le jure, à personne.

« Elle fut autrefois, j'en conviens sans détour,

« Ma plus jeune conquête et mon premier amour ;

« Aussi, de soupirer pour elle je fis gloire.

« Maintenant elle n'est ici que.... pour mémoire. »

En devisant ainsi sur ce vaste sujet ,

Ils atteignent bientôt le numéro vingt-sept.

Canny , sous le rempart de sa vaste portière,

Désirait, redoutait qu'une affreuse lumière
Éclairât son esprit : semblable au criminel
Attendant, plein de crainte, un arrêt solennel.

De tous les beaux portraits, exposés à la vue
De ses gais confidents le duc fit la revue;
Et tout semblait fini quand soudain Boisbourdon
Entra pour répéter un vingt-septième nom.
— « Madame de Canny ! — Mais c'est une méprise,
« Dit le duc. — Il n'est point d'erreur ni de surprise ;
« Elle est de la maison, et dut avoir l'honneur
« De payer, dès long-temps, le saint droit du seigneur ;
« C'est justice du moins. — Je ne saurais comprendre...
« Elle ne devait pas ce soir ici se rendre,
« Se dit à part le duc ; mais puisque la voilà !....
« Je n'aurai point perdu mon pari pour cela. (1)
« Bizarre empressement !.... Ma foi, tant pis pour elle !
« Elle va me haïr ; mais plus d'une autre belle
« Me viendra consoler..... Et, quant à son mari,
« Contre toute infortune il doit être aguerri.
« Seulement, soyons sûr qu'on ne peut rien entendre
« De l'étrange secret que je vais leur apprendre.

(1) Il s'agit d'une gageure que le duc d'Orléans avait faite avec ses amis sur la vertu des dames de la cour dont les portraits étaient exposés dans cette galerie.

« Ce pauvre chambellan n'est pas là par bonheur ;
« Il aurait dix témoins de plus de son malheur,
« Et me verrait, hélas ! soupirer la complainte
« De ma flamme pour *Elle* entre ses bras éteinte !.....

Après ce monologue, il raconte comment
Clotilde en lui fit naître un doux attachement ;
Ses assiduités près d'elle, sa victoire,
Enfin ce qu'on a vu..... — « Telle est, dit-il, l'histoire
« De cette bonne dame,.... et voici son portrait. »
Lors, il découvre aux yeux de l'époux stupéfait
L'image de la femme au masque. On se figure
Quel éclat de gaîté salua l'aventure ;
Quels nombreux quolibets, que d'acclamations
Suivirent de Louis les révélations.
Ce que chacun aussi devinera sans peine,
C'est l'effet sur Aubert d'une pareille scène....
A son effroi muet, à son abattement,
Vint succéder bientôt un plus vif sentiment :
Le besoin de laver dans le sang son outrage.
Vingt fois il fut tenté, dans l'excès de sa rage,
D'immoler et le prince et tous ses favoris.
Mais vers d'autres pensers reportant ses esprits,
Il demanda conseil au temps, à la prudence,
Afin de mieux pouvoir assurer sa vengeance.

Aubert, le duc sorti, contemple avec fureur
Cet odieux portrait, cause de son malheur ;
Puis s'écrie aussitôt d'une voix sourde et prompte :
« Aux deux traîtres rendons le trépas pour la honte !.... »
Nul reste de respect, d'amour, d'affection ,
N'ébranla de son cœur la résolution.
« Mais comment infliger une mort lente, sûre ,
« Qui puisse enfin atteindre en cruauté l'injure ?
« L'empoisonner à table ou le frapper au lit ?
« Mais ce moyen n'est là qu'un vulgaire délit.
« D'ailleurs, il n'est pas sûr ; ne peut-il dans l'abîme
« Jeter le meurtrier sans sauver la victime !
« Attendons s'il le faut ; un éclat périlleux
« N'est pas ce qui convient à l'objet de mes vœux.
« A quoi bon le scrupule alors qu'on assassine ?
« Sa main a préparé, consommé ma ruine
« Avec calme, avec joie, au sein de ces loisirs ,
« Qu'il réserve, l'infâme, à de honteux plaisirs !
« Ne précipitons rien ; puisqu'il faut qu'il périsse,
« Sachons lui rendre au moins supplice pour supplice. »

Pendant tout ce discours, son flamboyant regard
Errait sur les lambris ; mais bientôt le hasard
Lui découvre en un coin, et caché par un voile ,
Un portrait tout nouveau, mystérieuse toile.
Le duc l'avait soustraite à son attention ,

Et semblait l'entourer de vénération.
C'était, il s'en souvint, cette belle inconnue
De qui, dans ce moment, on fêtait la venue.
« D'où vient que Monseigneur éloigne de nos yeux
« Ce vingt-huitième cadre ; est-il donc dangereux ?
« Puisque tant de respect l'entoure il le mérite.
« Voyons. Se pourrait-il ?... Eh quoi ! c'est Marguerite (1),
« Femme de son cousin, du fameux Jean Sans–Peur !...
« Elle ici !.... Vous aviez trop raison, monseigneur,
« De la cacher, dit-il avec un noir sourire ;
« J'ai trouvé là vraiment de quoi vous faire rire :
« Cette arme, j'en suis sûr, ne vous manquera pas. »
A ces mots, du boudoir il s'éloigne à grands pas.

(1) Marguerite de Hainault.

III.

ARGUMENT.

— État politique de la France. — Haine des deux cousins. — Marguerite de Hainault. — Son intervention. — Un amour partagé.
— Une lettre et un portrait. — Absence et retour. — Projets de
Louis. — Dialogue édifiant. — *La place d'honneur.* — Joie d'Aubert. — Sinistre dessein.

Du faible Charles six l'incurable démence
A des divisions avait livré la France.
De secrets armements et des sourdes rumeurs.
De la guerre civile annonçaient les fureurs.
Deux princes disputaient de Charles la tutelle :
Bourgogne (1) et d'Orléans; cette vieille querelle (2)

(1) Jean Sans-Peur, comte de Flandres et de Nevers, baron de Donzy
et duc de Bourgogne.

(2) Les partisans des princes rivaux en étaient même venus aux
mains. — « Chaque soir, les bourgeois de Paris allumaient une lan-
« terne à leur porte, et mettaient de l'eau en réserve, craignant qu'il
« n'éclatât durant la nuit quelque tumulte ou quelque incendie. »

(DE BARANTE.)

Sur la France à grands pas attirait l'étranger,
Jaloux de l'affaiblir et de la partager.
Impatients du joug d'un règne pacifique,
Ces vigoureux rejets de l'arbre monarchique,
Avaient publiquement arboré leur drapeau.
L'un du popularisme avait pris le manteau :
Et des vices des grands accusateur sévère,
De tous les malheureux se proclamait le père.
Par des fêtes Louis s'était concilié
Et la reine et la cour. A voir l'inimitié
Qui divisait ainsi ces deux rivaux de gloire,
On eût pu s'étonner, on eût eu peine à croire
Par quelle occasion, quel étrange bonheur,
Louis de Marguerite avait touché le cœur.
Mais souvent du destin le bizarre caprice
L'avait des prétendants fait la médiatrice ;
Et dans ce noble rôle elle eut plus d'une fois
De la patrie en deuil à défendre les droits.
De sa conviction l'énergique éloquence
Fit en faveur de Charle incliner la balance.
Toute à l'entraînement de ces graves débats,
Marguerite oubliait, ou n'apercevait pas
Que sa rare beauté, séduisant l'auditoire,
Par fois, à son insu, décidait la victoire.
Le prince lui cédait toujours. La vérité
Dans nos cœurs s'insinue avec facilité
Quand, pour plaire, empruntant ses formes au jeune âge,

D'une femme jolie elle offre aux yeux l'image.

Il ne put donc sans charme et sans émotion

De tant de qualités voir la réunion.

Marguerite à ce noble et galant caractère

Compara son époux (1), sa figure sévère;

Et ne vit plus en lui qu'un triste protecteur,

Généreux, bienveillant, mais trop plein de hauteur.

Puis, lorsque sur la fin d'une aimable séance,

Le duc se décidant à rompre le silence,

Lui vint ouvrir son cœur d'un air candide et doux,

Et, pour conclusion, tomber à ses genoux,

Elle n'opposa plus dès lors à sa tendresse,

D'armes que sa pudeur, son trouble et sa faiblesse.

Tous deux, dès ce moment, cessèrent de se voir.

Mais tous deux dans leur ame entretinrent l'espoir

De confier bientôt à des feuilles discrètes

Le soin de devenir leurs dignes interprètes.

Marguerite, à seize ans, étrangère à la cour,

Toute aux illusions de son premier amour,

A ce tendre penchant ne voyait pas de crime.

Si jamais elle eût cru sa flamme illégitime,

Elle l'eût de son sein chassée avec horreur.

Louis apparaissait à son timide cœur

(1) Jean Sans-Peur était plus âgé que le duc d'Orléans, et beaucoup plus encore que Marguerite.

Un ange revêtu d'une humaine figure.

Croire au mal n'entrait pas dans sa chaste nature.

Aussi, ce fut sans crainte, et sans aucun regret,

Qu'elle lui fit tenir ces mots et son portrait.

« *Cher duc, de mon amour vous désiriez un gage.*

« *Recevez de mes traits la plus fidèle image :*

« *De celle qui vous aime elle vous tiendra lieu,*

« *Et nous n'aurons plus rien à demander à Dieu.* »

De tous ces incidents Aubert eut connaissance.

Du duc il possédait l'entière confiance ;

Et lui vers ces aveux se sentit emporté

Par sa flamme à la fois et par sa vanité.

Le chambellan reçut, sans rien faire paraître,

Ces révélations : et tandis que son maître

A ses pensers d'amour aisément se livrait,

Son cruel confident, en retour préparait,

Masquant ses noirs projets d'un rigoureux silence,

L'odieux arsenal d'une sûre vengeance.

Le duc, quoiqu'entraîné par l'ardeur du plaisir,

Se surprenait souvent à former le désir

De laisser Marguerite aux rêves de son âge :

Voulant d'un front si pur écarter tout nuage.

Mais bientôt et sa fougue et sa légèreté

Dissipaient ces élans d'honneur, de loyauté,
Que Canny s'efforçait à dessein de détruire.
— « Savez-vous, dit le duc, qu'à mes vœux tout conspire ?
« Elle arrive, mon cher, et je vais la revoir !
— « Marguerite ? — Elle-même. — Et quand donc ? — Dès ce soir.
« En m'envoyant hier sa gracieuse image,
« D'un mutuel amour irrécusable gage,
« Sans doute Marguerite alors n'espérait pas
« Qu'ici son bon génie aurait conduit ses pas.
« Bientôt, j'échangerai cette froide peinture (1)
« Contre son doux regard, sa charmante figure,
« Sa voix enchanteresse !... — Oh ! pardon, monseigneur,
« J'ignore.... — Apprenez donc, Aubert, que Jean Sans-Peur
« M'écrit qu'il veut cesser cette longue querelle
« Qui fait de Charles six la torture mortelle.
« Il arrive. Tous deux chez le Roi nous rendrons,
« Et là, devant la cour, nous nous embrasserons :
« Abjurant désormais notre si longue haine.
« De ce noble projet la nouvelle est certaine,
« Voici sa lettre. — Et vous.... : qu'avez-vous répondu ?
— « Qu'au Louvre je serais demain au soir rendu ;
« Mais que pour lui prouver la ferveur de mon zèle ;
« Pour cimenter enfin cette paix fraternelle,

---

(1) Les entretiens secrets du duc et d'Aubert avaient ordinairement
lieu dans le *salon des Portraits*, l'une des pièces, ainsi qu'on l'a déjà
vu, les plus retirées de l'hôtel Saint-Pol.

« Il fallait aujourd'hui nous entendre chez moi

« Sur l'heure où nous irions ensemble chez le Roi.

— « De cette douce paix vous aurez le mérite,

« Dit Aubert, en cachant sa joie, et..... Marguerite

« Vous servira d'ôtage, et..... suivra son époux ?

— « Sans doute, dit le prince. Ah ! qu'il me sera doux

« De pouvoir à chaque heure et la voir et l'entendre !...

« Le racommodement n'en sera que plus tendre !....

— « On voit percer partout votre joyeuse humeur.

« Mais quand tout nous sourit.... Pour beaucoup de bonheur

« On peut sacrifier un peu de sa puissance....

— « Marguerite, après tout, vaut bien la présidence. (1)

— « Monseigneur, il me semble, ou du moins je prévois

« Que votre nouveau feu s'élance, cette fois,

« Vers d'autres régions et des fins différentes

« De celles qu'il suivait pour ses autres amantes.

— « Comment donc ? — Monseigneur, jusqu'ici le portrait

« Suivait l'original ; maintenant, il paraît

« Que l'image à son tour devance le modèle.

— « C'est tout ce que j'espère obtenir jamais d'elle !...

— « Quant à moi, je ne puis, sans un juste courroux,

« Vous voir manquer un cœur qui s'élance vers vous,

« Quand de mille beautés vainement défendue,

« La farouche pudeur à vos coups s'est rendue.

---

(1) La présidence du conseil royal qu'avait le duc d'Orléans pendant la démence de son frère Charles VI.

— « De Marguerite, ami, la vertu sur ce point,

« Malgré tous mes efforts, ne transigera point ;

« Je ne m'en flatte pas..... — Vraiment, à votre place,

« Je saurais redoubler de constance et d'audace.

— « Monsieur mon chambellan, j'admire, en vérité,

« Cette fougeuse ardeur.... Cette intrépidité....

« Votre éducation s'achève à mon service.

— « J'en conviens. Avec vous l'enfant le plus novice

« Se forme vite. — Eh bien ! — Moi, je commencerais

« Par prendre cette toile, et je la suspendrais

« A la place d'honneur de votre galerie.

— « Y songez-vous, » Aubert, dit avec raillerie

D'Orléans ; « Marguerite avec tous ces tableaux ?

— « Par la comparaison ils en seraient moins beaux.

« J'y vois pour l'avenir un favorable augure ;

« Le modèle suivrait de plus près la peinture.

— « En effet, » dit le prince, en y réfléchissant ;

« Je trouve ce projet assez réjouissant,

« Et l'idée, après tout, m'en paraît assez neuve.

« Je peux, sans aucun risque, en faire ici l'épreuve. »

Lors, de l'emplacement mesurant la hauteur,

Il fixe le portrait *à la place d'honneur.*

— « Maintenant dans son jour il faut que je le voie.

« Comme il fait bien ainsi, se dit-il dans sa joie !

« Quels gracieux contours, comme il est ressemblant !

« Ah ! vous m'avez ouvert un avis excellent !

« Vous êtes, j'en conviens, un admirable juge :

36

« Un parfait connaisseur, du bon goût le refuge ;

« Et si jamais j'atteins le comble de mes vœux,

« Je devrai ce bonheur à vos soins généreux. »

Il dit , presse sa main, et bientôt se retire.

— « Bravo, monsieur le duc : au succès tout conspire !

« Marguerite, Clotilde, Etampes, Blois, Montfort,

« Seront ici témoins de votre arrêt de mort. »

IV.

ARGUMENT.

— Réunion ajournée. — Message secret. — Portrait de Jean-Sans-Peur.
— Son entretien avec Aubert. — Billet de Marguerite. — Visite
au salon des portraits. — Défaillance, rage et menaces du duc Jean.
— Rendez-vous donné. — Conseils d'Aubert. — Réconciliation des
cousins. — Joie des habitants de Paris. — Convention des conjurés.
— Réponse au duc d'Orléans.

Louis avait toujours maintenu l'espérance
De voir par Marguerite embellir la séance
Qui devait précéder le raccommodement.
Bourgogne mit obstacle à cet arrangement.
Car sa femme était belle, et son ame saisie
Des feux d'une secrète et vague jalousie.
En avare qui craint d'exposer son trésor,
Il se souciait peu que Marguerite encor
Renonçât au repos de la douce retraite
Qu'elle-même s'était volontairement faite.
Aussi, décida-t-il que chez le duc, ce soir,
Elle ne viendrait pas : et que, pour le revoir,

On choisirait le jour et l'heure solennelle
Qui devait cimenter une paix fraternelle.

Le duc, à ce projet, formé par Jean-Sans-Peur,
Sentit s'évanouir toute sa belle humeur.
Jaloux d'être affranchi de ses derniers scrupules,
Et trouvant tous retards désormais ridicules,
Il se fit dans son cœur l'implacable serment
D'avoir, sous peu de jours, un dédommagement.
Ivre d'impatience, à sa noble conquête
Il présente aussitôt une aimable requête ;
Et pour le lendemain, adorateur discret,
Demande avec instance un entretien secret :
Puis il appelle Aubert. — « Ami, c'est un message
« Que je ne puis donner qu'à vous. Ce jeune page,
« Si connu par son zèle et son affection,
« Se rendra chez Bourgogne (1) avec précaution ;
« Guettera son départ, et la chose est facile :
« Car les ombres déjà s'allongent sur la ville.
« Le page de retour, chez le duc vous irez
« Remettre ce billet, et me rapporterez

---

(1) L'hôtel du duc de Bourgogne était, à ce que l'on croit, situé près de la rue Mauconseil, quartier Montorgueil. — On voit que le trajet de chez le duc d'Orléans à cette demeure était encore assez long. Mais la distance était franchie aisément avec des chevaux, seul moyen de transport expéditif, à cette époque.

« L'accueil qu'à mon amour *elle* aura voulu faire.

— « Sa tendresse à vos vœux ne peut être contraire.

« Après certain envoi , je suis sûr , entre nous ,

« Qu'il s'agit maintenant de quelque rendez-vous.

— « Pour demain : du Conseil quand aura sonné l'heure.

— « Bourgogne ira donc seul? — Sans doute ; je demeure.....

« Un mal aise subit.... — Combien je reconnais

« Votre esprit inventif! Pour beaucoup je voudrais

« Que ce qu'on répondra ne se fît pas attendre.

— « Mais j'oubliais encor, mon cher , de vous apprendre

« Qu'à défaut de réponse , un seul mot suffira.

— « Quel est-il? — *Oui* ou *non*. — Bien ; l'on s'en souviendra. »

A ces mots , de Louis , sans tarder davantage ,
Lui-même à Marguerite il porte le message ;
Et, pendant qu'on répond, il réclame l'honneur
De pouvoir un moment parler à Jean-Sans-Peur.

Bourgogne laissait voir empreint sur son visage
Le nom que lui conquit son superbe courage ;
S'efforçant d'adoucir, par sa rare bonté ,
De ses traits l'énergie et la sévérité.
Mais son premier aspect était par fois de glace.
Aubert, en se trouvant devant lui face à face,
Sentit de cet abord l'étrange impression.
Mais bientôt , revenu de son émotion,

Il reprit le sang-froid et l'à-plomb nécessaire
Pour conduire à sa fin cette importante affaire.

— « Messire de Canny, quel message avez-vous
« De notre beau cousin, et que veut-il de nous?

— « Je viens en mon nom seul.—Eh bien! alors, messire,
« Que pouvez-vous avoir d'important à me dire?

— « Vous allez chez le duc, et voulez sûrement
« Contracter avec lui la paix loyalement?

— « Sur cette question ai-je à vous satisfaire?
« Dans quel but, de quel droit osez-vous me la faire?

— « Pardonnez, monseigneur, cet étrange début;
« Mon droit, vous le saurez, et je cours à mon but.
« Cette paix, qui vous rit et qui vous préoccupe,
« Avec ce beau cousin dont vous êtes la dupe......

— « La dupe, moi, la dupe !.... Ah ! messire, songez ,
« Quel homme vous regarde, et qui vous outragez !....
« Le raccommodement, messire, je parie ,
« N'est nullement du goût de votre seigneurie?

— « La paix réelle, oh ! oui ; mais l'apparente : non !

— Et c'est l'autorité de votre illustre nom
« Qui pourrait !.... J'aime peu les conseils, et les vôtres
« Sachez-le bien, ici trouveront peu d'apôtres.

— « Et pourtant si les miens vous étaient précieux ,
« Peut-être ils trouveraient une excuse à vos yeux.
« Peut-être sur ce point devrais-je aussi me taire ;
« Mais tout avis est bon lorsqu'il est salutaire :
« Et je continûrai malgré votre courroux.

— « Alors, de suite au fait, messire ; expliquez-vous.

— « La paix avec Louis ne peut être sincère

« Par deux graves raisons, monseigneur : la première,

« Dont vous n'avez souci, que pourtant n'ignorez,

« Et l'autre que par moi bientôt vous connaîtrez.

« Votre intérêt d'abord et votre honneur ensuite.

— « Mon intérêt ?.... Pourtant jusqu'ici ma conduite

« Fut assez conséquente ; et, quant à mon honneur !...

— « Ne vous emportez pas, de grace, monseigneur.

« Le duc, votre ennemi, tient la seconde place ;

« Devenu votre ami, soudain il vous efface.

— « Il ne le pourra pas : je ne lui céderai

« Que la moitié des droits en litige, et serai

« Toujours le premier pair et suzerain de France.

— « Du Roi toujours le frère aura plus de puissance. »

Bourgogne alors tressaille, et dit, à demi-voix :

— « Vous pourriez bien avoir raison seul cette fois ;

« Le diable, depuis hier, me parle ainsi, messire.

— « Mais le diable a sans doute oublié de vous dire

« Qu'outre votre intérêt, vous jouez votre honneur.

— « Achevez donc enfin, » dit-il avec humeur.

— « Vous êtes, et chacun le reconnaît sans peine,

« Un prince généreux, le premier capitaine

« Du royaume de France et du monde chrétien.

« De plus, on vous proclame encor bon citoyen ;

« Vous êtes pour vos mœurs cité comme un modèle :

« Le plus sincère ami, l'époux le plus fidèle,

« En ce temps de débauche et de perversité.

« Ces vertus, et surtout cette moralité

« Doivent porter l'époux, dans un heureux ménage,

« A vouloir jouir seul des droits du mariage.

— « Eh bien ! » s'écria-t-il soudain d'un air hagard,

En foudroyant Aubert du feu de son regard.

— « Que ferait un époux à l'amant de sa femme ?

« Comment assez punir cette odieuse trame ?

« Comment punir celui qui se serait vanté

« D'immoler sa constance et sa fidélité ;

« Celui qui jurerait d'avoir en témoignage

« D'un amour partagé l'irrécusable gage ;

« Celui qui...? C'est à vous que je parle, seigneur !....

— « Malheureux ! » s'écria le duc avec fureur.

Puis, étreignant d'Aubert le poignet avec rage :

« Jamais on ne fera subir le moindre outrage

« A la femme que j'aime et qui porte mon nom.

« La preuve, malheureux, la preuve !!!.... — Pourquoi non ?

« Mais qu'infligeriez-vous à l'auteur d'un tel crime ?

« Quelle punition vous paraît légitime !

— « La mort ! » répond le duc avec explosion.

— « Même au cousin objet de votre affection ?

— « La mort à lui surtout, l'infâme !.... — A la bonne heure.

— « Mais quelle preuve enfin ? — Vous l'aurez tout à l'heure,

« Si vous voulez bientôt m'accompagner. — Partons.

— « Monseigneur, je suis prêt ; mais cependant laissons

« La nuit sur les faubourgs encor un peu s'étendre.

« Au coin de votre hôtel je m'en vais vous attendre. »
Aubert sort. Il reçoit la réponse au billet,
Et lit, après avoir enlevé le cachet :
« *Prince, ne venez pas, pour moi, pour votre gloire ;*
« *Et demandez à Dieu pardon d'avoir pu croire*
« *Que je commencerais à trahir mon époux*
« *Le jour même qu'il va vous embrasser chez vous.* »
— Bien répondu ;.... pour vous, madame la duchesse ;
« Votre conduite est franche et pleine de noblesse.
« On peut répondre mieux encore.... Quant à moi,
« Je garde cet écrit qui pourra faire foi,
« Si plus tard on venait, par trop de défiance,
« De vos intentions suspecter l'innocence. »

Le duc rejoint Aubert. Par des détours secrets
Ils arrivent bientôt au salon des portraits,
Dont les lambris, frappés d'une seule lumière,
Semblaient de cet asile accroître le mystère.
Canny voyant du duc s'allumer le courroux :
— « Parmi tant de tableaux vous reconnaissez-vous ?
— « D'Aiguillon et de Blois voici bien les duchesses.....
— « De votre beau cousin adorables maîtresses.
— « Ses maîtresses, ô ciel ! — Mais sans doute ; autrement,
« Leur portrait serait-il dans cet appartement ?
— « Veillé-je, ou suis-je en proie à quelqu'affreux délire,
« Et vous-même êtes-vous homme ou démon, messire ?

37

« N'est-ce point là l'enfer? — C'est le galant réduit

« Où votre beau cousin, loin du monde et du bruit,

« Vient rendre un doux hommage à ses *saintes patronnes* (1),

« Et sur leur jeune front déposer des couronnes.

« Ce sont elles aussi qu'il montre, en ses loisirs,

« Aux joyeux compagnons de ses bruyants plaisirs.

— « Il les montre? — Souvent. A quoi bon, je vous prie,

« Garder pour soi tout seul si belle galerie?

« Mais vous n'avez encor pas tout vu, monseigneur.

— « Marguerite, grand Dieu! » s'écria Jean-Sans-Peur.

Sur ses yeux éblouis un effrayant nuage

Lui fit presqu'aussitôt des sens perdre l'usage.

Il fût même tombé, si Canny survenu,

Ne l'avait dans ses bras bien vite retenu.

— « Elle en ces lieux! ô honte! ô mortelle infamie!.....

« La devais-je à ce point croire mon ennemie? »

Aussitôt vers le cadre il s'élance en fureur.

Mais Aubert l'arrêtant d'un geste : « — Monseigneur,

« Il ne faut, voyez-vous, enlever cette image

« Qu'après avoir tué l'auteur d'un tel outrage.

— « Oui, le tuer ; il faut le tuer tout d'abord :

(1) Voir la Chronique du Religieux de Saint-Denis. Le duc d'Orléans appelait aussi ses maîtresses *ses très chères dames* ; et il se permettait d'en changer souvent, comme on le verra d'ailleurs plus bas, lors de ses aveux *nocturnes*. Ce nom de *saintes patronnes* justifiait assez bien la dénomination d'*oratoire* qu'il avait donnée à la galerie qui les renfermait.

« Je cours. — Non ; modérez ce généreux transport.

« Et.... puisque vous voulez que le perfide meure,

« Ne compromettons rien. Une garde, à toute heure,

« L'entoure. Il est aussi premier prince du sang ;

« Il faut quelques égards pour cet illustre rang.

« Attendons que d'amis une imposante escorte

« A nos secrets desseins vienne prêter main forte.

« N'agissons qu'à coup sûr. Quand le disque du jour

« Une autre fois de plus aura décrit son tour,

« Nous serons dix alors : vous, moi, car j'en veux être,

« Et ne vous aurai pas livré pour rien le traître.

— « Mais c'est un guet à pens que vous conseillez là !

— « Quel mal trouvez-vous donc, monseigneur, à cela?

« D'ailleurs, nous l'attendrons demain chez la duchesse.

— « Marguerite ? — Oui ; jaloux de tenir la promesse,

« Qu'il a faite à l'instant, il doit, pour la revoir,

« Se glisser en secret chez elle demain soir,

« A l'heure du conseil. — Mais non : car le parjure

« Y trouverait la mort! — Elle en sera plus sûre,

« Et plus certaine aussi. Le secret de l'amour,

« Le lieu, l'isolement et l'absence du jour,

« Cacheront ce trépas d'un éternel silence.

« J'ai mon plan dans ma tête arrangé par avance ;

« Tous nos amis sont prêts. — Où les trouverez-vous ?

— « Les dames de céans ont toutes des époux :

« Nous choisirons. Ils vont chez le prince paraître.

« Feignez, en me voyant, de ne pas me connaître ;

« Maintenant quittons-nous : car il ne faudrait pas

« Qu'on vous vît en ces lieux accompagner mes pas.

« En acceptant la paix devant votre famille ,

« Il faut que le bonheur, que l'allégresse brille

« Dans vos traits attendris et dans votre regard ,

« Sous peine de ne pas pouvoir punir plus tard.

« Montrez au beau cousin une amitié de frère.

— « Ce rôle est déloyal ! — Mais il est nécessaire.

« Demain à votre hôtel le soir je me rendrai ,

« Et de nos plans futurs je vous avertirai.

« J'y veux remettre aussi cette odieuse toile

« Qui sera jusqu'alors recouverte d'un voile.

— « Mais qui de votre part m'est garant du secret ? »

Dit le duc aussitôt. « — Monseigneur ; ce portrait. »

Une heure après, Bourgogne et Louis s'embrassèrent

Devant toute la cour. Tous les deux ils jurèrent

De vivre en bons parents. Cent témoins attendris

D'un si touchant spectacle allèrent dans Paris

Redire qu'au moyen de cette paix sincère ,

La France allait sortir de sa longue misère.

Chacun d'un tel espoir sans peine se berçait ,

Tandis qu'au même instant près de là se passait

Une scène lugubre, affreuse , lamentable ,

Qu'excitaient les transports d'une haine implacable.
Aubert venait d'offrir aux regards étonnés
De huit jeunes seigneurs, au boudoir amenés,
D'un adultère amour l'irrécusable preuve.
Et tous, exaspérés par cette horrible épreuve,
Brandissant leurs poignards et se serrant la main,
D'une commune voix s'écriaient : « A demain ! »
Puis, s'échappant soudain par la secrète issue,
Rendirent des salons leur fuite inaperçue.

Bientôt, Louis d'un signe attire sur ses pas
Le discret chambellan, et lui parlant tout bas :
— « Mon ami, dites-moi bien vite quel présage
« Peut attendre mon cœur de son galant message ;
« Ai-je sujet d'en être ou triste ou réjoui ?
« Dois-je espérer ou craindre, Aubert ? — Elle a dit : *oui*.

V.

ARGUMENT.

— Sentiments généreux de Jean Sans-Peur. — Sa perplexité. — Ses remords. — Serment des conjurés. — Scène d'intérieur. — Reproches du duc Jean. — Défense de Marguerite. — Sa noble résolution. — Venue de Louis. — Terreur de la duchesse.

Jean Sans-Peur possédait une ame magnanime.
Environné partout de la publique estime,
Humain, loyal et bon; généreux, plein d'honneur,
Il eût cru satisfaire au besoin de son cœur,
A la foi par lui-même à Charles six jurée,
En gardant une paix si long-temps désirée.
Mais du cruel Aubert les révélations
Vinrent changer soudain ses résolutions :
Toujours contre un parjure excitant sa colère,
Lorsqu'il voulait ne voir en son cousin qu'un frère.
Mais, avant d'arriver à ce sanglant éclat,
En lui-même il soutint plus d'un affreux combat.

Non qu'en tuant Louis il crût commettre un crime :
Car ce meurtre à ses yeux paraissait légitime.
N'avait-il pas le droit de mettre à mort l'amant
Qui venait se glisser chez lui furtivement ?
Mais bien qu'il soupçonnât Louis de tout capable,
Ce n'était pourtant pas un vulgaire coupable ;
Il était duc et pair : premier prince du sang,
Dans l'État, après Charle, assis au second rang.
Ce qui blessait surtout la fierté de son ame
C'était le souvenir de cette scène infâme,
Dont ils avaient chacun présenté tour à tour
Le spectacle odieux devant toute la cour ;
Le calme et le pardon empreints sur son visage,
Quand son cœur respirait la vengeance et la rage ;
Cette feinte amitié, ces caressants regards ;
Cet échange menteur de leurs deux étendarts (1),
Cette commune coupe et ce pain symbolique,
Et ce signe imposant de la foi catholique ;
Alors, au souvenir d'un si sanglant affront,
Le duc sentait monter la rougeur à son front ;

---

(1) Le duc d'Orléans avait ajouté à ses armes un bâton noueux avec
cette devise : *Je l'envie*, ce qui signifiait : *Je porte le défi*. Le duc de
Bourgogne avait opposé à l'emblème de son rival un rabot accompagné
de cette réponse : *Je le tiens*. Ce dernier était devenu, comme on sait,
le favori du commun peuple de Paris ; et même après son crime, on y
disait tout bas que le bâton épineux avait été raclé par le rabot. (Voir
les auteurs déjà cités.)

Et les remords en lui soulevant la tempête,
Pour la première fois faisaient courber sa tête.

Lorsque les conjurés, par sire Aubert conduits,
Furent chez Jean Sans-Peur en secret introduits,
Ce prince, retrouvant son sang froid à leur vue,
Leur adressa ces mots d'une voix résolue :
— « Messeigneurs d'Aiguillon, d'Etampes, Savoisy,
« Cervolles, d'Argenteuil, Blois, Montfort, de Marcy,
« De notre juste cause honorables complices,
« Vous jurez de subir les plus durs sacrifices,
« De vous unir à moi pour décider du sort
« De Louis d'Orléans et pour le mettre à mort?
— « Nous le jurons. — De plus, à cette heure suprême,
« Vous croirez accomplir un ordre de Dieu même?
— « Oui. — Vous jurez encor qu'aucun mot indiscret
« Ne viendra du trépas découvrir le secret;
« Que nul de le sauver n'éprouvera l'envie :
« Qu'il ne sortira pas d'entre vos mains en vie ;
« Que rien : nul souvenir d'enfance ou d'amitié,
« Ne viendra dans vos cœurs exciter la pitié?
— « Nous le jurons. — Jurez que si, par occurrence,
« Des auteurs de ce fait on avait connaissance,
« Vous soutiendrez avoir agi de bonne foi,
« Pour sauver et le peuple et la France et son roi.
— « Nous le jurons. — C'est bien. Qu'ici chacun demeure.

« Bientôt, du couvre-feu lorsqu'aura sonné l'heure,

« Louis , duc d'Orléans , en ce lieu paraîtra ;

« Vous serez prévenus , et le traître mourra :

« J'ai dit. » Les conjurés s'éloignent en silence.

Aubert rejoint Louis en toute diligence.

Armé de son poignard, Bourgogne lentement

Sort , et de la duchesse atteint l'appartement.

— « C'est vous , monsieur le duc ! » s'écria Marguerite

Avec étonnement , mais sans être interdite.

« J'avais cru dans la cour voir votre palefroi

« Tout prêt à vous conduire au Louvre, chez le Roi. »

Bourgogne, dans ces mots, aperçut une offense :

Le moyen d'abréger près d'elle sa présence.

— « N'auriez-vous pas , seigneur, quelqu'ordre à me donner?

— « Mais non : je n'ai jamais rien à vous ordonner , »

Répond-il aussitôt, d'un sinistre sourire ;

« Seulement, j'aurais bien quelque chose à vous dire.

— « Daignez m'interroger. Vous entendre, seigneur,

« Est mon plus doux plaisir et mon plus grand bonheur.

— « Ah ! vraiment? — Vous n'aurez pas de peine à me croire,

« Si vous interrogez un peu votre mémoire. »

Tout à coup agitée aux sons lents d'un beffroi,

Le duc y vit sans peine une marque d'effroi :

Cherchant sur cette douce et charmante figure

Les traces du mensonge ainsi que du parjure ,

Sans pouvoir, en dépit de sa conviction,
Y surprendre la crainte ou quelqu'émotion.

— « Asseyez-vous, » dit-il d'un air de brusquerie.

— « D'où vient ce ton sévère avec moi, je vous prie?

— « Mais asseyez-vous donc, » répéta Jean-Sans-Peur.

— « Je ne vous ai jamais ainsi vu, monseigneur.

— « Oui, pour vous je deviens un autre homme, madame,

« Car vous êtes pour moi, ce soir, une autre femme.

— « Vous m'aimiez autrefois; me serais-je attiré?......

— « En m'unissant à vous que m'avez-vous juré?

— « J'ai juré devant Dieu, devant sa sainte Église,

« De vous être toujours et fidèle et soumise,

« De n'être qu'à vous seul, de vous servir......—D'abord,

« Sur le point principal tâchons d'être d'accord.

« Je ne demande pas, madame la duchesse,

« Si vous avez tenu, mais fait cette promesse.

— « Une telle demande, et votre son de voix....

— « Ont lieu de vous surprendre : aisément je le vois.

« Quant à ces questions, n'est-il pas nécessaire

« Que vous songiez par fois vous-même à vous les faire?

« Il est pour chaque état des obligations

« Qu'on doit se rappeler. — Mais ces prescriptions

« Ne les ai-je donc pas souvent appréciées,

« Et plus qu'une autre aussi les aurais-je oubliées?

— « Je vous crois. Mais combien (avouez-le, entre nous),

« Avez-vous à Louis donné de rendez-vous?

— « Quel infernal serpent, déclarez-le bien vite,

« A jeté cette tache au front de Marguerite?

— « Celui qui près de moi, madame, a pris ce soin,

« Est un irrécusable et sincère témoin.

« Je vais devant vos yeux le faire comparaître,

« Et vous-même aisément pourrez le reconnaître. »

Il sort, rentre de suite, en disant : « Le voilà. »

Mais elle, stupéfaite, aussitôt recula ;

Lorsqu'elle vit le duc lui montrer une image,

De ses feux pour Louis trop véridique gage.

— « Il m'abandonne aussi, » dit-elle avec terreur.

Lors, le duc déchirant la toile avec fureur :

— « Il est donc, en effet, votre amant, malheureuse !

— « Malheureuse oui, seigneur, mais toujours vertueuse.

« O Dieu ! qui dans mon cœur lisez, inspirez-moi.

« Jamais, non, non, jamais je n'ai trahi ma foi :

« Cette foi que ma bouche aux autels a jurée ;

« Vous me fûtes toujours une image sacrée (1),

(1) L'auteur craint que ce vers n'ait pas rendu toute sa pensée ; aussi cherchera-t-il à la compléter par l'explication ci-après. Marguerite, en s'exprimant comme elle vient de le faire, veut dire qu'elle révère son époux à l'égal *des images les plus saintes et les plus sacrées;* que son affection pour lui est un véritable culte Un pareil sentiment, cette sorte d'adoration conjugale, tout exceptionnelle qu'elle est aujourd'hui, était néanmoins, si l'on consulte l'histoire, fort commune au quinzième siècle. Peut-être, au reste, était-elle due à la vie fort retirée que menaient les femmes dans leurs châtellenies, et d'abord à l'éducation très circonscrite qu'elles y recevaient, et qui consistait, en général, comme on sait, à *prier Dieu,* aimer (leur mari s'entend), *coudre et filer.* Ce langage

« Le meilleur des époux.......—Madame, et ce portrait?

— « Il est, je l'avoûrai, le seul gage secret

« Et l'unique faveur que, dans mon ignorance,

« J'ai donnée à Louis, à sa vive insistance.

« Telle est, au nom du ciel, l'exacte vérité.

— « Mais pour croire, madame, à tant de fausseté,

« Il faudrait me prouver que dans cette demeure

« Votre amant ne doit pas se rendre tout à l'heure.

« Vous ne songez sans doute à m'éloigner d'ici

« Que pour le recevoir sans honte et sans souci.

— « Un amant en ces lieux ! » s'écria Marguerite.

— « Eh bien ! vous demeurez à ce mot interdite ? »

Le duc prit son silence alors pour un aveu.

Presqu'au même moment sonna le couvre-feu.

Il frémit à ce son de lugubre présage,

Et de la jeune femme observa le visage,

Sans pouvoir y trouver la moindre émotion.

Mais, cédant aux efforts de sa prévention,

Aux fureurs d'une aveugle et sombre jalousie,

Le duc n'aperçut là que de l'hypocrisie.

— « Monseigneur, » reprit-elle avec étonnement,

mystique, qui se trouve dans la bouche de la duchesse de Bourgogne,
n'a plus, après ces explications, que rien de fort naturel. La comparaison qu'elle emploie, est tirée de l'éducation toute religieuse dont étaient
imbues les femmes en France, à cette époque, et dont l'austérité était
peut-être plus grande encore dans la province de Hainault.

« Qui doit venir ce soir ? Le nom de cet amant ?

— « Quoi ! vous le demandez, ô femme criminelle,

« Lorsque c'est en ce lieu, près de cette tourelle,

« Que Louis, cet infâme !..... — O ciel ! que dites-vous ?

« Moi vouloir à ce point outrager un époux !.....

— « Il s'agit maintenant de tenir la promesse

« Que vous fîtes hier ; allons plus de finesse.

« Ouvrez cette fenêtre ; il paraîtra bientôt :

« Le traître sur ce point n'est jamais en défaut.

« Vous voyez, je sais tout. — Seigneur, la calomnie

« De son souffle odieux en vain m'aura ternie.

« Oui, malgré vos soupçons, bientôt vous allez voir

« Si d'Orléans chez vous se montrera ce soir ;

« S'il vient conduire au but la galante entreprise

« Dont le nom seul m'émeut d'horreur et de surprise ! »

Puis, par un vif élan de sublime vigueur,

Elle court à l'issue et l'ouvre avec fureur :

— « Tenez : la voyez-vous cette fenêtre ouverte,

« Ce témoin qui m'accuse et doit causer ma perte,

« Qui doit, vous a-t-on dit, livrer, dans un moment,

« Avec mon déshonneur passage à mon amant !.....

« S'il vient me prodiguer ses fatales caresses,

« Tombent sur moi du ciel les foudres vengeresses !..... »

Ces mots, pleins de chaleur et de conviction,

Jetaient au cœur du duc la stupéfaction,

Quand soudain dans la rue un pas se fit entendre.
Un homme, préludant aux accords d'un air tendre,
D'inflexibles rigueurs la duchesse accusait,
Et, dans un doux refrain, incessamment disait :
« *Marguerite, réponds à la voix qui t'appelle.*
« *C'est Louis, ton amant, au rendez-vous fidèle ;*
« *Il te vient visiter avec la fin du jour,*
« *Et mettre à tes genoux son cœur et son amour.*
— « Mais c'est, dit la duchesse, un effroyable rêve !
« Eh quoi ! pour mon repos il n'est donc point de trève !........ »

De ces chants effrontés le triste enseignement
Réveille chez le duc un noir ressentiment.
Plein d'une sombre rage, il saisit Marguerite,
Et loin de la fenêtre il l'entraîne au plus vite :
Jaloux de dérober ce spectacle odieux
Au chambellan qui vient de s'offrir à leurs yeux.

VI.

ARGUMENT.

Jean Sans-Peur et Marguerite. — L'échelle de soie. — Projet de réception. — Danger de Louis. — Est sauvé par Marguerite. — Rendez-vous ajourné — Nouveau plan. — Vaines supplications de la
duchesse. — Ses angoisses ; ses tourments ; sa subite résolution.
— Dernier effort. — Il échoue.

Par tant d'assauts divers la duchesse ébranlée
Glisse, à ce dernier coup, sur un siége accablée.
Bourgogne s'approchant : — « Ce Dieu qu'en votre effroi
« Vous blasphémiez, Madame, et de si bonne foi,
« Se montre à votre égard un Dieu plein de clémence.
« Mais il me charge moi du soin de sa vengeance.
« Dans peu vous allez voir votre galant héros ;
« Il va venir. » A peine il achevait ces mots ,
Qn'une échelle de soie, adroitement lancée,
A ses pieds tombe, et vite est par lui ramassée.
Puis, après en avoir déroulé les anneaux,
Du balcon avec soin il l'attache aux barreaux.

— « Que faites-vous donc là , » demande la duchesse

Que ce geste éveillait de sa longue faiblesse ;

— « De vos rêves d'amour pourquoi sortir sitôt ,

« Il n'est pas temps encor. Vous apprendrez bientôt

« Qu'en bon mari qui veut en tout vous satisfaire ,

« Je fais pour votre amant ce que vous comptiez faire ,

« Pour qu'il puisse arriver au lieu du rendez-vous :

« Abjurant ma fureur et mes transports jaloux.

— « C'est donc pour le tuer , répond la jeune femme.

— « Sans doute. Je croyais vous l'avoir dit, Madame.

« Mais comme je lui dois les honneurs de céans ,

« Veuillez me laisser seul pendant quelques instants. »

Et d'un bras vigoureux qu'excite encor la haine ,

Il saisit Marguerite et loin de lui l'entraîne.

Mais elle suppliante : — « Au nom de votre honneur ,

« Vous ne commettrez pas ce crime , Monseigneur !

« Attendez quelque peu : sur cet affreux mystère

« Viendra bientôt surgir une pleine lumière......

« Il est votre cousin : vous ne le tuerez pas !..... »

Le duc, sans l'écouter, précipite ses pas;

Et dans un corridor brusquement attirée ,

Il ferme derrière elle une porte vitrée ,

En pousse le verrou, puis , levant son poignard ,

Il s'appproche d'Aubert et cherche son regard.

Tous deux en sentinelle , auprès de la fenêtre ,

Attendent le moment où Louis va paraître.

Des étoiles du soir la douteuse clarté

Rompait seule du lieu la sombre obscurité.

— « Il monte, dit le duc, en avançant la tête.

— « Lentement; mais ma main à le frapper est prête.

— « N'entend on point déjà sa respiration? »

Le prince s'avançait avec précaution

Sur les barreaux criants de l'échelle de soie,

Et de ses ennemis allait être la proie,

Quand soudain, tout près d'eux, ils entendent du bruit.

Marguerite laissée en un obscur réduit,

Avait, pour garantir cette tête si chère,

Rompu l'un des carreaux de sa prison de verre,

Passé son bras meurtri dans ce dangereux trou,

Et, par un brusque effort, retiré le verrou;

Puis s'était au balcon aussitôt élancée,

En criant d'une voix haletante, oppressée :

« Fuyez, Louis, fuyez, ou vous êtes perdu ! »

Le duc vers elle court de colère éperdu :

Il la renverse, met une main sur sa bouche,

Puis, brandissant son arme avec un air farouche :

— « Madame, » lui dit-il tout bouillant de fureur :

« Si vous parlez encor, je vous perce le cœur ! »

Elle, du nouveau coup défaillante, brisée,

Reste anx pieds de Bourgogne immobile, épuisée :

Succombant à l'excès de son émotion.

— « Sauvé ! s'écrie Aubert: horreur, damnation !.....

— « Sauvé ! répond le duc, en frémissant de rage ;

— « Sauvé ! » dit Marguerite, en reprenant courage.

Et, pieuse, soudain elle tombe à genoux :

— « Merci, mon Dieu ! merci pour lui, pour mon époux !

— « Messire, retournez auprès de votre maître ;

« Surtout, en le voyant, ne laissez rien paraître :

« Il faudra bien qu'il meure et qu'il meure ce soir.

« Rejoignez-le de suite : allez de lui savoir

« Ses desseins : la beauté qu'il compte encor séduire ,

« Et de tout aussitôt vous reviendrez m'instruire.

— « J'y cours, répond Aubert, et reviens sans retard.

— « Quel est cet assassin ? —Vous le saurez plus tard.

« Mais pourquoi parlez-vous d'un assassin, Madame ?

« Vous le coupable auteur de la plus noire trame;

« Vous dont on voit le cœur indignement épris

« D'un adultère amour qui recevra son prix :

« Car le traître, malgré votre folle indulgence ,

« Ne saurait échapper à ma juste vengeance.

— « Ces redoutables mots d'amour, de trahison ,

« Ne sont plus maintenant contre moi de saison.

« J'ai voulu, Monseigneur, en cette conjoncture,

« Garantir votre nom de toute flétrissure :

« Vous empêcher enfin de commettre un forfait

« A la honte duquel rien ne vous soustrairait.

« Mais de vous il n'est rien qui puisse me surprendre ,

« Après ce que je viens et de voir et d'entendre.

— « Trève aux sermons, aux pleurs : *rien* ne m'attendrira ;

« Je l'ai juré : ce soir le perfide mourra.

Pour ne plus voir enfin son attente déçue ,

Du salon, à l'instant, il ferme chaque issue.

Il restait une clef à retirer encor

Lorsqu'Aubert apparut au fond du corridor.

— « Eh bien ! lui dit le duc, qu'apportez-vous , messire ?

— « Tout s'arrange à souhait, seigneur ; je viens vous dire

« Que de ce contre-temps tout d'abord attristé,

« Le duc bientôt ensuite a repris sa gaîté :

« Rejetant cet échec parmi les infortunes

« Aux amoureux exploits d'ordinaire communes.

« Puisqu'un mari jaloux me vaut ce mauvais tour,

« Je serai plus heureux, j'espère, un autre jour :

« Sachant se résigner, et d'assez bonne grace,

« En vous attribuant l'honneur de sa disgrace.

« Mais, a-t-il poursuivi, que ferai-je ce soir ?

— « La reine vous avait prié de l'aller voir

« Cette nuit. — Cette nuit ! » dit tout bas stupéfaite

Marguerite. « — Isabelle en sera satisfaite, »

Répliqué-je aussitôt. « Un rendez-vous perdu ,

« Un autre retrouvé ! -- » Bonheur inattendu, »

M'a-t-il dit en riant. « Marguerite est cruelle !

« Allons nous consoler chez la bonne Isabelle.

— « Vous voyez, Monseigneur, qu'il va passer la nuit

« Chez la reine de France, à son joyeux réduit (1).

(1) Cette petite maison était appelée aussi le *Petit séjour*. « Elle était
« située vieille rue du Temple, près de la porte Barbette. La reine avait

— « Chez la reine grand Dieu ! » s'écria Marguerite.

— « De ces galants hauts-faits vous semblez interdite , »
Dit le duc, saisissant l'heureuse occasion
De punir de son cœur la douce illusion.

— « Mais votre amant n'a pas seulement des duchesses ;
« Et la reine est aussi l'une de ses maîtresses.

— « Sa maîtresse ! » dit-elle en frémissant d'horreur.

— « Prétendriez-vous seule obtenir cet honneur ?

— « Or, voici, » dit Aubert, « le plan que je projette.

« Le prince doit passer par la porte Barbette (1).

« A quelques pas plus loin, dans un enfoncement,

« Se trouve une maison à moi. Là, sûrement,

« Vous et nos huit amis pourrez l'aller attendre,

« Et nous ne serons pas long-temps à nous y rendre.

« Sans peine vous pourrez reconnaître l'hôtel.

« Au dessus de la porte est un petit autel,

« Puis une vierge en bois qu'éclaire un jet de flamme,

« Qui l'a fait surnommer l'*Image Notre-Dame*. (2)

« C'est en ce lieu qu'enfin il trouvera la mort. »

« acheté cet hôtel du sire de Montaigu. Elle y logeait en ce moment ,
« et venait même d'y accoucher. » (DE BARANTE).

(1) Cette porte Barbette était près des rues des Trois Pavillons et du
Parc Royal, au Marais.

(2) Monstrelet ; le Religieux de Saint-Denis ; De Barante. — Cette
maison avait été, dit-on, donnée à Aubert par le duc d'Orléans.—Dans
un plan de Paris, dressé en 1460, on voit la porte Barbette et l'*enfoncement* où l'on suppose qu'était située cette maison.

Bourgogne jouissait du douloureux transport
(Par un raffinement de passion jalouse),
Que ce mot excitait au cœur de son épouse.
— « Rejoignez votre maître avec précaution ,
« Aubert : tout sera prêt pour sa réception. »

Le duc se disposait à retrouver l'escorte ,
Quand, tombant à ses pieds , sur le seuil de la porte ,
Marguerite : — « Seigneur, au nom de votre rang ,
« N'imprimez pas sur vous une tache de sang.
— « Après son abandon , pouvez-vous , insensée,
« De le sauver encor maintenir la pensée? »
Puis , en disant ces mots , le duc s'est éloigné.
— « Hélas ! » dit Marguerite , « à peine a-t-il daigné
« Retarder un moment sa cruelle vengeance !..... »
Autour d'elle régnaient le calme et le silence.
Son premier mouvement ne fut pas de terreur.
Ses doux pensers d'amour s'envolaient de son cœur.
— « Ai-je bien entendu? Rêvé-je pas? » dit-elle.
« Il se pourrait?..... Louis chez la reine Isabelle!....
« Il va la retrouver à son *Petit séjour.*
« Et moi qui l'entourais du plus sincère amour,
« Il me fuit pour rejoindre *une de ses maîtresses !*
« A d'autres il va donc prodiguer ses caresses ?
« Il en a donc plusieurs? Moi qui croyais en lui !.....
« A qui donc pourra-t-on se fier aujourd'hui ?

« Le cruel m'aurait-il à ce point méprisée ?

« Mais non. Il n'en est rien. Ma tendresse abusée....

« Mon époux a voulu *lui* supposer des torts

« Pour qu'à la jalousie ajoutant mes remords,

« *Il* perdît à la fois mon cœur et mon estime.

« De sa flamme pour moi l'on veut *lui* faire un crime.

« Pourtant si chez la reine *il* va porter ses pas,

« En cette heure, en ce lieu !...... Mais *il* ne l'aime pas.

« C'est moi seule qu'*il* aime. Il y va sans mystère,

« Comme un sujet soumis, et comme son beau-frère......

« Qu'ai-je entendu ? grand Dieu ! » dit-elle en pâlissant ;

« De rapides coursiers le fer retentissant ! (1)

« Où vont-ils, dans quel but, quel motif légitime ?

« Innocent ou coupable, il faut une victime !.....

« Mais ils ne l'auront point. Seigneur, inspirez-moi.

« Eh ! qu'importe, après tout, qu'il ait trahi sa foi ?

« Quand pour l'assassiner ils courent tous l'attendre,

« Ne pourrai-je, à mon tour, chercher à le défendre ?

« Mais comment ? Tout est clos. Ces murs, ces hautes tours....

« Quel moyen de pouvoir voler à son secours ?

« Une fenêtre est là ; mais dessous un abîme.....

« Ne saurai-je empêcher de commettre ce crime ?

« Oui, je l'empêcherai, » se dit-elle soudain.

---

(1) On comprend que ce bruit est causé par les chevaux de Jean Sans-Peur et de ses complices. Ces derniers étaient restés dans l'hôtel du duc, d'après ses ordres, depuis la scène du *serment*.

En cherchant du balcon la balustre (1), sa main
Sent un obstacle. — « O ciel ! c'est l'échelle de soie..... »
Sur cet appui tremblant élancée avec joie,
Elle laisse à Dieu seul, oubliant tout danger,
Le soin de la conduire et de la protéger.

La nuit couvrait les murs d'une teinte livide.
Le ciel était obscur, l'air froid, (2) la terre humide ; (3)
Et la lune, noyée en un épais brouillard,
Contraignait Marguerite à marcher au hasard.
Enfin, elle atteignit cette porte Barbette,
Et, dans un angle obscur choisissant sa retraite,
L'œil et l'oreille au guet, reconnut la maison
Odieux arsenal de mort, de trahison :

---

(1) On doit se rappeler que, lors de son dernier entretien avec Marguerite, Jean Sans-Peur se trouvait avec elle dans la pièce contiguë à la tourelle. Il en avait fermé les issues, et

> Il restait une clef à retirer encor,
> Lorsqu'Aubert apparut au fond du corridor.

La brusque arrivée du chambellan, et l'empressement que mit le duc à l'écouter et à le suivre, lui firent oublier de fermer cette dernière porte. Marguerite, restée seule, put dès lors pénétrer dans la tourelle, et retrouver l'échelle de soie qui était restée attachée au balcon de la fenêtre.

(2) On était en novembre.

(3) A cette époque, les rues de ce quartier n'étaient pas encore pavées ; et leur parcours, l'hiver surtout, était difficile, quelquefois même dangereux.

Et le calme partout. « J'arrive à temps, » dit-elle.

« Enfin, je déjouerai leur trame criminelle ;

« Dieu, venez à mon aide. » Elle achevait ces mots,

Qu'un bruit sourd et lointain d'hommes et de chevaux

De ce quartier désert a troublé le silence.

C'est Louis d'Orléans qui vers elle s'avance.

Il semble, l'imprudent, braver les coups du sort,

Car il rit, car il chante en face de la mort.

Il disait à l'écho : « *J'eus ce mois pour maîtresses,*

« *Jeanne, Berthe la blanche, et de plus trois comtesses.*

« *Toutes m'adorent : moi de même assurément ;*

« *Mais Isabeau vaut mieux qu'elles toutes vraiment !*

« *J'ai pour amante encor la douce Marguerite.*

« *De se livrer à moi l'aimable enfant hésite,*

« *Grace aux transports jaloux d'un mari sombre et vieux ;*

« *Mais d'elle j'ai reçu le serment d'être heureux.*

A ces mots, Marguerite éperdue, éblouie,

Veut en vain s'élancer, mais tombe évanouie......

VII.

Dialogue entre Louis et Aubert. — Mort du duc d'Orléans. — Marguerite justifiée. — Douleur et joie du duc Jean. — Solitude de Clotilde. — Son retour sur le passé. — Ses pressentiments. — Arrivée d'Aubert. — Récit. — Double catastrophe. — Assassinat de Jean-Sans-Peur.

Aubert, impatient, contemplait le signal
Qui bientôt à Louis devait être fatal.
Dans son ame il sentait augmenter par avance
Le besoin d'assouvir sa tardive vengeance.
Il s'approche du prince et saisit son poignard.
Le duc, l'enveloppant d'un gracieux regard :
— « Jamais je n'ai trouvé la reine aussi jolie.
« Ce soir, elle semblait encor être embellie.
« Nul au monde ne peut, je l'avoûrai, d'honneur,
« Égaler en appas ma chère belle-sœur.
« Qu'en dites-vous, Aubert? — Je ne saurais vous croire;
« Ou volontairement vous manquez de mémoire :

40

« Vous oubliez quelqu'un. —Eh qui donc, s'il vous plaît?

— « Cherchez : vos souvenirs doivent vous mettre au fait.

— « Si vous la connaissez, nommez-la donc, messire :

« Je ne sais, quant à moi, ce que vous voulez dire.

— « Monseigneur, » dit Aubert mystérieusement,

« Vous souvient-il d'un jour où..... si complaisamment

« Vous voulûtes avoir mon avis sur la femme

« De qui maître Énéas...... — Ah! j'entends : cette dame

« Était, j'en conviendrai, sans rivales aussi.

« Voulez-vous donc savoir son nom?.....— Pour celle-ci,

« C'est au contraire moi qui vais vous le redire.

— « Vous? » lui répond le duc en s'efforçant de rire.

— « *Clotilde de Canny,* traître, et voilà pourquoi,

« Pourquoi tu vas mourir. A moi, Bourgogne, à moi! »

Cria le chambellan d'une voix de tonnerre ;

Et, d'un coup de poignard, le fait rouler à terre.

Les complices d'Aubert, à ses cris élancés,

Se sont autour du prince incontinent pressés.

— « Monseigneur! » dit le page ; et son ardente épée

Du sang de l'assassin est aussitôt trempée.

Mais il meurt à son tour........ (1) Assis sur ses genoux,

D'Orléans : — «Messeigneurs, pourquoi m'en voulez-vous?

— « Nous t'attendions ici pour laver notre outrage ; »

(1) « Un jeune page essaya de le défendre et fut aussitôt abattu. — (DE BARANTE).

Et chacun, à l'instant, lui perce le visage. (1)

— « Et moi, lui crie un autre, et moi ! Me connais-tu ?

— « Bourgogne ! ! !... (2) » dit Louis d'un regard abattu.

— « Meurs ! » Son fer met un terme à sa lente agonie (3).

« Partons : éteignez tout, car la pièce est finie », (4)

Dit le prince avec calme ; et chacun, à sa voix,

S'éloignant au plus tôt, rentre à l'hôtel d'Artois (5).

Du duc Louis le corps fut laissé dans la rue. (6)

D'Aubert la vie était seulement suspendue.

Jean-Sans-Peur fit pourvoir à ses premiers besoins,

Et de son maître-mire il reçut tous les soins.

Bourgogne vint lui-même. En le voyant paraître :

(1) Enquêtes de la Prévôté. Chronique du Religieux de Saint-Denis.

(2) « Il portait un large chaperon rouge rabattu sur son visage. » (DE BARANTE.)

(3) 23 novembre 1407.

(4) « Éteignez tout et allons-nous en : il est mort. » (DE BARANTE.)

(5) Demeure du duc de Bourgogne, et située, comme on l'a dit, près de la rue Montorgueil.

(6) ..... « Le corps du prince était tout mutilé. La tête était ou-
« verte par deux effroyables plaies. La main gauche avait été coupée ;
« le bras droit ne tenait plus que par un lambeau....... On ramassa
« dans la rue, parmi la boue, la main mutilée et la cervelle de ce
« malheureux prince......, Le lendemain matin, le corps fut transporté
« à l'église voisine des Blancs-Manteaux. Toute la famille royale, déso-
« lée et consternée, y vint rendre les derniers devoirs au duc d'Or-
« léans. Le duc de Bourgogne ne parut pas moins affligé que les autres.
« *Jamais,* disait-il, *plus méchant et plus triste meurtre ne fut commis*
« *ni exécuté en ce royaume,* » (MÊME HISTORIEN.)

— « Prince, je suis vengé comme j'ai voulu l'être;

« Je descends avec joie au tombeau, monseigneur;

« Mais puisque c'est à vous que je dois le bonheur

« De ma vengeance, il faut qu'envers vous je m'acquitte;

« Je le ferai d'un mot. L'aimable Marguerite

« A droit, par ses vertus et par sa pureté,

« Aux hommages que tous rendent à sa beauté.

— « Grand Dieu! que dites-vous, messire? — Cette lettre

« Que je puis maintenant sans danger vous remettre,

« De toute ma conduite est l'explication.

— « Ce rendez-vous?....... — Aussi de mon invention.

« Monseigneur, j'ai voulu par une tragédie

« Punir d'un faux ami la noire perfidie.

— « Eh quoi! se pourrait-il? » dit le duc stupéfait.

« Louis assassiné! Malheureux! qu'as-tu fait?......

« Horreur!!! ....—Je vous ai fait, prince, régent de France! »

Bourgogne, tout à coup, garde un profond silence;

Mais un éclair de joie illumine son front.

— « Maintenant, dit Aubert, que ce cruel affront

« Est enfin effacé par le sang du coupable,

« A mon dernier souhait montrez-vous favorable.

« Prince, je suis chez moi dès long-temps attendu.....

— « Dans une heure, au plus tard, vous y serez rendu. »

Du duc et de Canny Clotilde délaissée,

Vers ses jours de bonheur reportait sa pensée :

Se rappelant les soins , les serments de Louis,
Et ses rêves d'amour si vite évanouis !
Par Aubert reléguée en un champêtre asile ,
Aux portes de Paris , au pied de Belleville ,
Dans de tristes pensers sa tête se perdait.
Et , seule , en son manoir, elle se demandait
Si sa douleur secrète et son inquiétude
D'un autre châtiment n'étaient pas le prélude.
Un songe , cette nuit , devançant son réveil,
L'avait, avec l'aurore , arrachée au sommeil.
Elle cherchait, hélas ! en sa terreur extrême ,
Par l'agitation à se fuir elle-même.
Du parc elle avait fait deux fois déjà le tour,
Et les mille beautés de ce riant séjour
N'avaient pu de son ame écarter l'épouvante.
Elle livrait alors sa tête languissante
Aux brises du matin : accueillant d'un souris
Les murmures confus émanés de Paris......
Elle était là déjà depuis une heure entière ,
Lorsque deux écuyers , portant une litière,
Déposent devant elle un homme défaillant.
Sa pâleur, sa faiblesse et son air effrayant
Firent qu'elle ne put d'abord le reconnaître.
Mais ensuite : — « Est-ce vous, ô mon époux, mon maître ?
« Dans cet horrible état !..... Eh quoi ! du sang sur vous !.....
— « Du sang ;..... mais c'est encor de mes maux le plus doux.
— « Quel autre malheur donc ? — Vous en serez instruite.

« J'ai besoin d'être seul...... Envoyez-moi de suite

« George , mon intendant. » Il vient. Sur un signal ,

Il place près d'Aubert un vase de cristal.

Une poudre blanchâtre avec soin est broyée ,

Et par lui dans la coupe aussitôt délayée.

Le serviteur s'éloigne, et presqu'au même instant ,

Clotilde entre , et de lui s'approche en hésitant ,

En voyant sur ses traits se peindre la colère.

— « Nous sommes seuls ? — Oui, seuls. Mais quel est ce mystère ? »

Dit-elle épouvantée. « Enfin , m'apprendrez-vous

« D'où vient cette pâleur, ce sang et ce courroux ?

— « Vous le saurez bientôt. Pourtant , quoiqu'il arrive ,

« Prêtez à mon récit une oreille attentive ,

« Et de vos longs soupirs bornez un peu l'élan. »

« Un prince aimable et jeune avait un chambellan

« Dont les soins assidus et la plus chère étude

« Étaient de lui prouver toute sa gratitude :

« S'efforçant d'égaler en zèle sa bonté.

« Il avait une femme , et sa rare beauté

« Plut au prince. Long-temps chacun d'eux resta digne ;

« Chacun sut du devoir suivre l'austère ligne.

« Mais voici ce qu'un jour, madame , il arriva.

« Le prince, vous savez, était jeune ; il trouva........

« Plaisant de faire peindre une de ses maîtresses :

« Celle qu'il honorait alors de ses caresses .

« Car leur nombre était grand. Savoisy, d'Aiguillon,

« Étaient alors en tiers dans son affection.

« Il manda près de lui son chambellan fidèle,

« Afin de comparer la copie au modèle.

« Chacun était d'un masque à dessein revêtu.

« Il admira long-temps. L'amour à sa vertu

« Peut-être eût essayé de disputer les armes,

« S'il n'eût de son épouse évoqué tous les charmes

« Et la constante foi. Mais bientôt il apprit......

— « Seigneur, qui pourrait donc avoir dans votre esprit

« Insinué?...... — Trop tôt vous rompez le silence ;

« J'avais mieux auguré de votre obéissance.

« Ne perdons point de temps en discours superflus :

« Je poursuis. Désormais ne m'interrompez plus :

« Bientôt, il reconnut que l'épouse adorée,

« Parjure à ses serments, maîtresse déclarée,

« Impassible témoin de ces propos joyeux,

« Celle qui, sans pudeur, vint s'offrir à leurs yeux,

« Cet infâme artisan d'une infernale trame,

« Était....... Vous pâlissez, je crois..... était sa femme !!!

« Et lui, lui chérissait, dans son fol abandon,

« Deux traîtres pour toujours indignes de pardon !

« Mais vous ne savez point ce qu'en cette occurrence

« Il fit pour assouvir sa trop juste vengeance.

« Contre un tel ennemi jamais il n'eût lutté

« S'il n'eût à sa querelle avec art ameuté

« D'époux, aussi trompés, une imposante escorte,

« Qui firent tous serment de lui prêter main forte.

« Ils étaient neuf seigneurs, madame, et, cette nuit,

« Dans mon petit hôtel s'embusquèrent sans bruit.

« Le plus jeune dehors, active sentinelle,

« Attendait que du lit de la reine Isabelle

« *Il* tombât sous leurs coups. Bientôt, à nos regards

« *Il* s'offrit : je frappai (1); puis neuf autres poignards

« Firent du criminel une prompte justice.

— « Ciel ! un assassinat !...... — Il reste la complice

« De ces ris effrontés, de cette trahison :

« Je lui laisse le choix du fer ou du poison. »

Aussitôt de sa main, que guide encor la rage,

Il découvre à sa vue un funeste breuvage.

— « Grâce, grâce, seigneur, j'embrasse vos genoux !

— « Point de grâce, madame, il n'en est plus pour vous.

---

(1) Après la mort du duc, les soupçons se portèrent sur Aubert de Canny. — « Toutes les recherches du prévôt se tournèrent de ce côté. « Mais, après beaucoup d'informations pour trouver Aubert à Paris, on « découvrit tardivement qu'il n'était pas en cette ville; qu'il était mort « en son château le jour même de l'assassinat, et que l'*alibi*, par con- « séquent, démontrait clairement son innocence........ Les soupçons « contre Aubert de Canny se trouvèrent en défaut. Mais Jean-Sans- « Peur crut devoir les faire tourner contre lui en certitude; car, quel- « ques jours après la mort de son cousin, ayant tiré à part le roi de Si- « cile et le duc de Berry, il leur déclara que c'était lui qui, tenté et « surpris par le diable, avait ordonné ce meurtre. » (DE BARANTE).

— « Pitié !..... —Point de pitié. —Pas même un jour, messire ?

« Une heure.... une minute ?..... —Allons, vous voulez rire !

— « Mais pourtant s'il me faut expirer en ce ce lieu,

« Pour mon ame du moins laissez-moi prier Dieu.

— « Je ne veux point que Dieu, madame, vous pardonne.

« Je vois qu'à ce seul mot tout votre corps frissonne ;

« Mais il faut en finir, ou de force ou de gré ;

« Si vous tardez encor, c'est moi qui choisirai. »

Il se lève soudain, et son bras homicide

Va plonger le poignard au sein de la perfide. (1)

Clotilde, d'une voix que glace la terreur :

— « Ah ! plutôt le poison, » dit-elle avec horreur.

— « Le poison soit. » Aubert lui donne le breuvage.

Clotilde, repoussant le poignard avec rage,

Et demandant à Dieu pardon de son forfait,

S'empare de la coupe, et la vide d'un trait,

Et tombe...... Lui, cédant à sa joie effrénée :

— « Enfin, la voilà donc ainsi que moi damnée !...... »

Il dit : et, succombant sous de cruels efforts,

Son ame avec effroi s'élance aux sombres bords.

. . . .

. . . .

(1) Le duc de Bourgogne, ainsi qu'on l'a vu plus haut, avait fait donner à Aubert tous les soins que réclamait le grave état de sa blessure. Un appareil avait été mis sur la plaie produite par le coup d'épée du page. Mais, dans l'effort que fit Aubert pour poignarder sa femme, l'appareil se détacha et hâta sa mort.

Le meurtrier ceignit presque le diadème ;
Il fut régent de France......... Enfin le jour suprême
Des expiations luit à Montereau.
Là, devant Charles sept, il trouva son tombeau. (1)

ÉPITAPHE DE L'AUTEUR,

PAR UN DE SES AMIS.

D'un poëte avorté la terrestre dépouille
    A pour asile ce tombeau.
Il eût mieux fait cent fois d'extraire de la houille
    Que des rimes de son cerveau. (2)

---

(1) 1419. — « Un rendez-vous avait été indiqué par le Dauphin « (Charles VII) sur le pont de Montereau , et accepté par Jean-Sans- « Peur. Le duc s'y rendit et s'avança , laissant ses gens un peu derrière « lui. La foule qui se pressait devant les barrières du pont , le vit ôter « son chaperon de velours noir , puis mettre un genou en terre devant le « Dauphin. A peine s'était-il relevé , qu'on entendit crier : *Alarme ,* « *alarme! tue , tue!* Et l'on aperçut les gens du Dauphin frappant le « duc de leurs haches et de leurs épées. A l'instant , il fut abattu , ainsi « que le sire de Navailles qui paraissait avoir voulu le défendre. » (DE BARANTE).

(2) Cet ami là n'était pas , à ce qu'il paraît , amateur de poésie , et il avait peut-être raison. En effet , par le temps qui court , cette occupa- tion n'est-elle généralement regardée que comme étant celle de gens qui n'ont rien à faire.

FIN.

TABLE.

————

Avant-propos   1
Préface.   5

ÉLÉGIES.

LIVRE PREMIER.

I.	— La rencontre d'un ange.	9
II.	— La jeune insensible	10
III.	— L'appel	11
IV.	— Requête d'amour	12
V.	— Le timide aveu.	14
VI.	— Amour et Prière.	15
VII.	— Le saule pleureur	17
VIII.	— L'attente	18
IX.	— Retour sur le passé	20
X.	— Le départ.	22
XI.	— A sa pendule	24
XII.	— Le recours en grace.	25
XIII.	— L'inconstance.	26
XIV.	— Dangers de l'absence.	28
XV.	— La fuite.	30
XVI.	— La Rupture.	33
XVII.	— Le retour à la liberté	34

LIVRE SECOND.

I.   — Le Dédain   43
II.   — L'Abandon   45
III.   — Le Rappel.   46
IV.   — L'Étoile filante   50
V.   — La perte d'une amante.   52
VI.   — Même sujet.   54
VII.   — Une Tombe.   56
VIII.   — La Bergère et le Soldat   58
IX.   — Sur la mort de la princesse Marie.   61
X.   — Même sujet.   65
XI.   — La Bergère trahie   66
XII.   — La Félonie   69

STANCES.

I.   — L'Enfance.   73
II.   — La Jeunesse   76
III.   — Une Mère.   79
IV.   — La Prière de l'Enfant   81
V.   — Le Présomptueux   83
VI.   — Amour et plaisir.   85
VII.   — A Lamartine   86
VIII.   — La Charité   88
IX.   — Le sommeil d'un Enfant   90
X.   — Adieux à la jeunesse.   93
XI.   — Sur le Mariage.   { I. — Le contre.   95
                            { II. — Le pour   97
XII.   — La recherche d'un ange.   99
XIII.   — Une chimère   103

IDYLLES.

I.   — Il faut aimer   109
II.   — Un cœur dans l'embarras.   112

MÉLANGES.

I.	— A une Plume	117
II.	— A Beethowen	118
III.	— L'Amant parfait	120
IV.	— Le Quatuor magique	120
V.	— L'Amante du genre humain	121
VI.	— Vivent les Païens !	121
VII.	— La Grace	122
VIII.	— Le don économique et délicat	123
IX.	— Manière d'obtenir une invitation	123
X.	— Sur la découverte de la machine à vapeur	124
XI.	— Le paradis de l'Ambigu	124
XII.	— Le tardif aveu	124
XIII.	— Envoi d'une brochure de l'auteur	126
XIV.	— La susceptibilité inutile	126
XV.	— A Mademoiselle ***	127
XVI.	— L'à-propos	127
XVII.	— Amour et Constance	128
XVIII.	— Refus motivé de chanter	129
XIX.	— Les contrastes. { i. Une Vierge	131
	{ ii. Une Lionne	133
XX.	— A Élie de Beaumont	135
XXI.	— Sur M. Guizot	135
	— Même sujet	136
XXII.	— Consolations à un adolescent	136
XXIII.	— Napoléon	137
XXIV.	— La vraie sagesse	137
XXV.	— Le jour de l'an	138
XXVI.	— La Reconnaissance	139
XXVII.	— La prédiction accomplie	139
XXVIII.	— Sur l'opinion	140
XXIX.	— L'inexorable	140
XXX.	— Barême et Polymnie	141

XXXI.   — La lutte inutile......................... 141

             — Même sujet........................... 142

XXXII.   — Les projets et la mort 142

XXXIII.   — Le Désespoir.......................... 142

XXXIV.   — La Coquette 143

XXXV.   — Le Démocrate inoffensif................. 143

XXXVI.   — L'amour de l'indépendance 144

XXXVII.   — Recours en indulgence.................. 146

XXXVIII. — Le désenchantement 146

XXXIX.   — Le déguisement........................ 147

XL.   — La devise du Député 147

XLI.   — Le Père et la Fille 148

XLII.   — Conséquences d'un mariage par dépit 149

XLIII.   — Souvenir de Vichy...................... 149

XLIV.   — Un météore moral...................... 151

XLV.   — Excès de dévotion 151

XLVI.   — Sauve-garde du sexe masculin.............. 152

XLVII.   — L'Amour et l'Hymen. 152

XLVIII.   — Le val de Menat 153

XLIX.   — Regrets de Sophie Arnould............... 154

L.   — Sur M. ***, compositeur................. 154

LI.   — Antipathie et prédilection motivées 155

LII.   — Philosophie de l'auteur 155

LIII.   — Essai d'épitaphe........................ 156

             — Même sujet........................... 156

LIV.   — La fontaine de Vaucluse.................. 156

LV.   — Sur une rose.......................... 157

LVI.   — Les réalités de la vie.................... 157

LVII.   — Conseils à la jeunesse 159

LVIII.   — La rapide conquête..................... 159

LIX.   — Le théâtre d'aujourd'hui................. 160

LX.   — Un projet combattu..................... 160

LXI.   — Vivent les femmes pâles ! 161

LXII.   — Les fausses syrènes..................... 161

LXIII.   — Un conseil d'amitié..................... 162

LXIV. — La Fondrière 163
LXV. — Fortune et Noblesse 163
LXVI. — Un portrait sans prétention 164
LXVII. — Requête de deux Cygnes 164
LXVIII. — Le prédestiné 165
LXIX. — Appel en réconciliation 165

IMPROMPTU.

I. — Sur un discours de M. ***, en 1839 169
II. — Une visite au désert. 170
III. — A propos d'un reproche. 170
IV. — A propos de mauvais vers. 170
V. — La folie justifiée. 171
VI. — Déclaration subite. 171
— Même sujet. 171
VII. — L'introuvable 172
VIII. — L'Attente 172
IX. — La jeune géologue. 173
X. — Un Portrait. 173
XI. — Des pieds à la tête. 174
XII. — Sur une vente pour les pauvres. 174
XIII. — Sur les yeux de madame *** 175
XIV. — Sur le portrait de mademoiselle *** 175
XV. — A propos d'une question. 175
XVI. — Réponse à un reproche 176
XVII. — L'influence de la beauté 176

ÉPIGRAMMES.

I. — Les quatre bossus à l'Opéra. 179
II. — Un Débiteur et ses créanciers 180
III. — La pierre philosophale. 180
IV. — L'Olivier 181
V. — L'infidèle amant. 181
VI. — Profanation 182

VII.　　— Un rapt administratif.................... 182

VIII.　— Le petit arrêt d'une grand'chambre.......... 183

IX.　　— La Prude 183

X.　　　— Une prétention cavalière.................. 184

XI.　　— Madame Espérance...................... 184

XII.　　— La passion des contrastes................. 185

XIII.　— Une rencontre fashionable 185

XIV.　　— Les Élections de Carpentras.............. 185

XV.　　— Un Mariage de raison 186

XVI.　— La Solliciteuse et le Préfet................. 187

XVII.　— Une beauté piquante.................... 187

XVIII.　— Carybde et Scylla 188

CONTES ET NOUVELLES.

I.　　　— L'Écharpe.......................... 191

II.　　— La trahison punie 204

III.　　— Une passion secrète. — Prologue.......... 219

IV.　　— La Constance...................... 237

V.　　　— La mort du duc d'Orléans 249

　　　　— Dédicace 250

　　　　— Épitaphe de l'Auteur................. 322

FIN DE LA TABLE.

MOULINS.——IMPRIMERIE DE P.-A. DESROSIERS.

www.ingramcontent.com/pod-product-compliance
Lightning Source LLC
Chambersburg PA
CBHW050153030726
47505CB00005B/1352